长夜：一抹清愁

李兴国

著

北方文艺出版社

哈尔滨

图书在版编目（CIP）数据

长夜：一抹清愁 / 李兴国著. -- 哈尔滨：北方文艺出版社, 2025. 6. -- ISBN 978-7-5317-6652-0

Ⅰ. I227

中国国家版本馆 CIP 数据核字第 2025V4C651 号

长夜：一抹清愁

CHANGYE YIMOQINGCHOU

作　　者 / 李兴国

责任编辑 / 富翔强　　封面设计 / 郑秀丽

出版发行 / 北方文艺出版社　　邮　　编 / 150008

发行电话 / (0451) 86825533　　经　　销 / 新华书店

地　　址 / 哈尔滨市南岗区宣庆小区 1 号楼　　网　　址 / www.bfwy.com

印　　刷 / 三河市华东印刷有限公司　　开　　本 / 880×1230　1/32

字　　数 / 26 千　　印　　张 / 8.75

版　　次 / 2025 年 6 月第 1 版　　印　　次 / 2025 年 6 月第 1 次印刷

书　　号 / ISBN 978-7-5317-6652-0　　定　　价 / 76.00 元

序

总是在有风的时候，很怀念下雨的季节；又总是在雪季来临时，很是不舍这秋天里一地的落叶。刚开始总是有那么多的不舍，那么多的刺痛，在该拥有和该放弃之间选择取舍，最后也只能坐等岁月风蚀我们曾经的泪和感伤。

因为在自己内心的长夜里徘徊太久，以至于迷失了方向，迷失了自己，找不到通往光明和远方的路，所以才拼命地在黑暗里挣扎、寻找，却又怎么也游不出那片已然荒芜的海。所以，谨以此诗集，来祭奠已经亡故了的昨天和今天还活着的自己。

目　录

辑一　雪夜徘徊

辑二　诗句似雪

辑三　执念与期盼

辑四　时间影子

辑五　长夜

辑六　历历晴川

辑七　古风诗词

辑一　雪夜徘徊

裂 隙

没有一棵树的影子不是落在地上
妄想再次偷走这黄昏里的落日
且将挥剑砍向周遭的一切
我不愿意把一场大雪再交给下一个冬天
索性就这样放弃这荒原上的寂静

话别昨夜，终止于咫尺之遥以外
直到世界退化成一张过曝的底片
我们的脚印才被逐一暴露
就这样时间坐进虚无，虚无坐进我的身体
就这样我又站到了时间的裂隙之外

恍　惚

弃置身，我谦卑地低下自己的头颅
廊外的靴声由近及远
月白如雪
你的影子并不能完全覆盖你的轮廓
有人从废墟中走出
恍惚，有人从黎明里走出

就这样，你描摹着远处的一块天空
咫尺天涯
寂寂无名的我涉水而过
谁又能说得清后天将要发生的事情
开始你就全然不顾这漆黑一片
所以，就不奇怪你看到后的惊讶

从海上来

老是不能解构这条走上来的路究竟有多长
山空成你去时的模样
我怀抱犹疑，一失足就踏出这个冬天
且那盏盛过月光的空杯
今夜，盛着盛唐的灯火

好久之后，仍有一抹暗色爬上肩头
而我，从不怀疑她能否抵达
就这样，不得不放弃一朵飘向远方的云
就这样，你将月光低于市价
卖给那个从海上而来的锱铢必较的波斯商人

无　题(1)

诸行无常
原来飞出的那柄宝剑又旋飞回来
秋华落尽，满怀萧瑟
就这样你偷走了之前的落日
而我总是两手空空

也不知道是我执念太深
还是怨念太重
每一次都埋怨冬日里有雪的那个黄昏
起心动念间
你竟屠戮完所有，那些不该从渊薮爬上来的寒冷

定定地

又被你从雪中寻回，天空无比湛蓝
落下的那一节黄昏就这样窝在你的目光之内
我复抱着这冬天里的寒冷
不愿再把从前带到明天
无论你是信奉神明还是相信自己

四野空旷，月光如水
定定地，你又从这黑夜里走出
然后，推倒一切
我十指向上，任风从我的双掌穿过
躲过一场灾难，你怀里仍满是风雪

雪　后

如果黑夜注定到来，就让落日早些泊入西山
悲莫悲兮，我从一场大雪里爬出
莫名地，就又沉沦于一场大风

不再计较，那模糊不清的轮廓到底属于谁的
最后，你又将回到一棵树的年轮里生长
而我，又听到时间碾着时间发出的声响

你来过，又将离去
雪后一只乌鸦炫耀着它的“白”

落　日

大片原野就这样荒芜在你的目光之内
我擎起黄昏里的一段落日
只为在斑驳岁月里看清自己渐老的容颜

山河无恙，只我一人奔跑
回看来时路，这将是不能舍弃的一场大雪
而此生，我注定孤独

你以风雪待我，却要我报之以温柔？
大火过后就是寒冷、就是黑夜
你确信，我就是那个该拿起刀子的人？

黑　夜

没想过这条路这样的冗长
抬起黑夜之前的落日
拟把雪中之黑化成黑夜之白

堕落很久，不止只为寒冷而来
回看窗前月，寒了冬夜
又有一把白刃划破苍梧

你的影子就这样策马而来
却白白错过缝隙里的那道苍凉
浑身是血，拟将来处之门锁于去处之路

回　响

不要试图握住那道残破的影子不放
我是断然不会把你从黑夜寻回

是你一再戏谑这个没有雪的冬天
一路走来经过落日、黑夜、星辰跟寒冷

本就为了安放孤独而来
余生本就剩下不多，就让风雪都归于我一个

风所拥有的，我也会拥有？
当你有所迟疑，雪是否就此放弃这个季节

落日之前准备一场大雪，来淹没还没走上来的路
所以，不相信天空终属于那对飞翔的翅膀

“人见目前，天见久远。”
堕落于深渊的我，很难再从镜中找到秋天

深 渊

有时会刻意回避很多
一场大雪之后，不记得自己曾经来过
今日就这样扎进深渊
直至有人从灰烬处寻来秋天的影子

没想过今后会是怎样的结果
又一次将手伸过黑夜，去抚摸这属于冬天里的寒冷
就这样愣愣地，看着远处的落日
就这样又回到那片曾经到过的海

归来总是两手空空、踽踽独行
如果此生注定孤独
就把我所拥有的像这样抛向天空
而你，又心甘情愿地把影子典当给黑夜

立 冬

我是断然不会踩着你的影子而来
大火过后这个冬天依然寒冷
是风把遥远吹向遥远
就这样黄昏落在那节枯枝之上

就请乌鸦，尽量炫耀它的“白”
在那些无聊且孤寂的日子里
就这样让风雪都归于我一人
大雪过后我还是选择之前的落日

小　雪

就像所有掌外飞旋的雪一样
握不住的总是这冬天里的寒冷
就像所有从荒原上升起的风一样
又总是堆起千堆雪，扬起千层浪
就像远山苍茫、原野空旷
可又不至于把黄昏里的一道残晖攥成一团火
把未曾结成冰的水攥成一摊血的模样

坦　白

我不会窥探你眼中的茫然
就像我不会告诉你我眼中的黑暗
倘若必须有东西要坦白
我愿意交出我的明天

无　题(2)

谁会在意远方的风
就像谁会在意天边的云一样
一程山水、一城烟雨
也不过就是一片落叶与秋天的距离

我从褪去的暮色里
仍然摸不到属于这个季节该有的存在
或许是我在迷雾之中
而你却在恨海之外

沉　沦

或许，是因为影子过于接近秋天
才会想要在落叶里寻找江河的脉络与走向
如同又一次沉沦，沉沦于这场黑夜
在火里种植麦子的人
虽然我们都曾追逐河流的去向
可是入海时还是找不到身体里的盐分
到底是属于哪一部分的存在
就像这礁石暗藏在水道上的危险
触不触碰都会使人们的内心躁动不安

终究还是这样沉沦
沉沦于这片海滩上的荒芜
还有未曾到来的一场大风
就算冬季到来前我们扭断向日葵的脖子
可雪还是会下在这片荒原上
让肃穆格外的白，白得没有一丝暖意
不得已才牢牢抓住这早就落了一地的秋天
将其盖在我望向天空的眼睛里的迷茫
因为它们都过于接近火
和火后过于接近虚无一样

继　续

该以怎样的存在方式继续下去
我抬着自己就像抬着这虚无的空天
或许我们都过于接近虚无
才把影子攥得那么死
才将自己牢牢锁于目光之内
又一次将雪写进诗中
如同又一次在秋风中摇坠一枚枯叶

坐　化

所有你们不能提及的
都将是风不能指向的诗跟远方
从迷雾中穿过的身影
未来也必将在雨中前行

最后我们也终将阔别自己与一朵未开的花
因为我们也必将远行
必将从繁华走向荒凉
迟暮之年的斜阳
温度已然冰冷
所以料定这世间之事必不会如夜之轻柔

或许很早我们就有所怀疑
才使我们不知该如何回头
度过了几个春秋，又熬剩了几个寒暑
生活总是使我们慌不择路
又让我们也不得不接受中年一事无成的现实

偶尔我们也会去度化世人，如高僧一般
但却又很难度化自己

最终我们都将在这非黑即白
又非“非黑即白”里“坐化”我们的一生

徘　徊

第一次从水中抽出火的影子
就引燃了这情欲之物
也许是因为我们过于虚张声势
才会想把转瞬即逝握成永久

终于我们把山水还给山水
把白雪交还给冬季
也许是因为我们过于接近虚无
才一直徘徊于这片海

千里之外的遥远

最后的最后就是在这夜里沉沦、睡去
罔顾事实与天涯尽处的遥远
在这秋天里踩出河水涨落后的一片孤寂
好让秋天的最后一道残影
也能握住春天残存的一点温暖
好来抵抗将要到来的冬天和冬天里无边的风雪

一眼望去就是千里之外的遥远
路途中我仍是半开而未绽放的花
这个季节里的风景多少都有些落寞
不过也算是给自己和过去的春天一种交代
就像在夏日暴涨的河水里
寻找去年白雪的踪迹一样
都需要我们奋不顾身、一往无前地坚持下去
而又不得不接受冬天就要到来的残酷现实

无题（3）

从遥远走向遥远
你仍是我走过的最颠簸的一段路途

荒芜里的孤独

是谁把这夜晚翻转，在泛黄扉页的背面
找寻古老预言中的含义
冬天已然过去，就不要再
在残留的齿缝中寻找那一丝诡异的讪笑
跟去年冬天的雪和寒冷
就这样躲在三月的夜里
总是不敢望向天空
生怕一颗不期而遇的流星划过
就能碰触到内心荒芜里的孤独
而此刻我却又从掌纹升起的风里
看到一把刻刀划破血脉
且里面流淌出鲜红的日、月、河、山

一切依旧

潮水退去
一切又将归于平静
黑夜依旧
寒冷依旧
残月孤悬于天外

深　秋

握不住的雪
就应该扬起于“她”该存在的季节
就像这秋风再怎么无力
到了一定时候也会摇落一树黄叶
所以不是我的一个转身回头
就能留住记忆里曾经的美好
秋天已然荒芜成了一片海
就不要再握住黑夜不放

流　民

今日不去，明天不来
所以，我不该就这样握着昨天不放
拦下所有
罹难的这个秋天还剩下什么

砸开身上的桎梏，我仍是长河岁月里的一名流民
无处安放。且整个天空已有坍塌的迹象
遁入黑夜的我的影子终将深埋于黑夜
而我的口袋依旧空空，里面却还揣着前朝旧事不放
（半夜灯前十年事，一时和雨到心头）

当你又一次从黑夜走进黑夜
第二日能够拿出来的些许，或许早已锈迹斑斑
咳血的杜鹃就这样枯萎在这个季节里

我不相信

我不相信所有走过的路都是枉然
我不相信所有爬过的山都是空山
我不相信所有的秋天都是天高云淡
我不相信所有的影子都能躲过黑暗
我不相信所有缺月的夜晚都是孤寒
我不相信所有孤寒的夜晚都没有温暖
我不相信所有的攀登都得止步于巉岩
我不相信所有的海的对面都是彼岸
我不相信所有的花朵都得开在春天
我不相信所有的路途都是崎岖山峦
我不相信所有的河水都不曾澎湃波澜
我不相信所有的努力就都是为了明天
我不相信所有死了的人都要经过忘川
我不相信所有活着的人都得经受苦难

冬　至

是否确信这个冬天的寒冷与我无关
山海相连的尽头却听到雪落的声音
我不敢开口再喊你的名字
直至黑夜将黄昏慢慢淹没

有时我也不想就这样走下去
毕竟冬雪还是下在我回来的路上
把你扔在春季、葬在秋天实非我本意
奈何，冬天过于寒冷
才留你于远方的旷野

所以绕树三匝，不只是为我找一栖息的高枝
就算我放下从前
可寒冷仍会追杀我身后的背影
直至温暖重归寒冷

就这样
又一次把空了的口袋倒扣在掌心之上

无　题(4)

潮水退去就是裸露的河床
放眼望去
满是萧瑟跟悲凉

总是偎着孤独而来

把所有的放下重新举起
再放下一遍
我相信所有的留下和离去
都有必须的原因
花了那么长时间才适应了这孤独
适应了这黑暗
适应了这冬季里没有雪的寒冷
所以
我总不愿意划出那一片海

被这飞鸟的影迹划伤得太深
以至于天空茫然的只剩下空洞一片
我绕过地平线上的你的影子
遍寻这个季节该有的存在
却不小心触碰到记忆里去年的雪
撕开最深的疼痛
风总是从背后袭来
想念就像这落了一地的月光
总是偎着孤独而来

三　月(1)

等风来

等雨来

等花开

渐渐老去的那一片海

是一滴血诱开这一树梨花
在这失落的季节里
被某一抹微笑所深深吸引
且不该让这夜就这样辜负了漫天星辰
五月你们遍植阳光的温暖
让整个冬季的雪都跌进夏季
最后从微笑后面的危险里
找到去年树叶枯黄的原因

是一树花香诱开这一天乌云
躺在这波云诡谲的浪峰上
看着远山上的雪
且不该把所有走过的路都种满山茶与木棉
风从来都不是这一个季节的产物
你们不该把标记刻在每一个路口
每一个行人的眼睛之中
试想
谁会从风的背后紧紧抱住一场寒冷
还有渐渐老去的那一片海

六　月

残破的梦跟这残破的六月一样
天总是阴沉沉的，还不时下着冷雨

很是欣慰

所有与天涯有关的诗句都过于缥缈遥远
所以今天的我们不得不说着空洞笼统的誓言
才能把你的或是我的后事交代清楚

大雪过后就是寒冷
就是所有刀子在风中折断的清脆之声
且皆可找到发生的具体原因

关山难越谁悲失路之人
且燕雀安知鸿鹄之志哉
今日之风雪可慰昨日之忧愁？
跃然纸上的总归还是要焚于烟火、焚于黑夜

当有人又一次从掌纹升起的风里
看到昨日消失的河水的血脉
我就会很欣慰我昨天遇到的一切苦难

九　月

或许是因为火的缘故，又或许是因为水的原因
莫名地我就在风里选择了这九月的天空

大　雪

无非就是搁浅于这冬季里的寒冷
霜雪早在秋天的影子藏好前就下在你回来的路上
而我们却在试图将这夜外之夜逼出体外
试图从又一太阳升起的黎明
找回昨日黄昏里一道暗红色的残影

或许我们会将很多个落日后的夜晚
都想挤成今冬寒冷里的一场风
或是冰冻水里的一滴血
可都未曾有过“如此甚好”却又冷漠黯然神伤的荒芜
尽管有些意外也不过就是一条血脉奔向一条河水

十　月

当风卷走这荒原上的落叶，心还有所不甘时

十月的我们已经走过了大半的路程

手握黄昏的人

又一次将时间种在岁月的缝隙之中
又一个黑夜从我的胸口升腾而出
一场浩劫之后
我确信我就是那个手握黄昏的人
即便凄凉如此、孤寂如此
仍可听见荒原的风
看到山巅的雪

多少悖论的东西就这样滑过河流、空天、尘世
却始终不能将自己去时的身影找回
又一个怀揣信仰、怀揣月光的人
将自己深深掩埋在这泥土之中
哦，这稠密黏腻的夜里裹藏的东西太多
我不能将它们一一握住
一一道尽它们的名字

已然荒芜的夜

又一个手握黄昏的人就这样隐隐离去
我不愿意把自己拉长的影子再度拉回
好像要走很久的样子
我又路过那已然荒芜很久的一片夜色
一朵早就枯萎的玫瑰就这样落在泥土里

没人再去复述春天你该如何妖艳
遥山隐隐，远水迢迢
好像一切到了这里又都归于平静
春波与秋水又同时含在你的眼中，你说
树是树、我是我、夜是夜、水是水

十一月

是谁放弃了这个季节，让烟雨之外的烟雨
久等成十一月的雪

无　题（5）

我也不知走了多久才到这里
想从这座山峰越到那座山峰
很久没有见过如此澎湃的江河
我站在桥上，目送黄昏的离去

风从一个无人的方向吹起
有人夜色中动身且从黎明走过
好长时间里都没人去动那个传说
来人是你，去人也是你

不情愿的我又望向远处的一块天空
蓝是蓝过，可终究还是有些空洞
纵使你有凌云壮志又如何?
毕竟淬过火的宝剑更易断折

无　题(6)

于堆砌的雪中感受寒冷
枯萎在干涸之后
聚沙成塔
水中弯月的倒影如镰钩

火！火！火在水中生成
灰烬之后
就是黑夜
就是成排的影子走进葬地、走出葬地……

就这样

就这样秋天巍立于原野之上
风从一堆枯黄的落叶里找到腐烂的自己
自此湖水溢出昨夜月光的苍凉，就再也找不回曾经的澎湃

就这样远方系在绳子的一端，吾攀爬
从井口到井底，从井底到井口
欲寻一安身之葬地
却于一滴水中提取到鱼的基因图谱

就这样冬雪困死在沉默手掌
每向前一步，身后总留下一串孤寂
每后退半分，就又离死的子宫更进一步

就这样，时间的影子怆恻而荒凉
从我的肤发钻进我的血液
最后再钙化成大理石般硬度的碑碣

就这样，在无星的夜晚死守着昨日之誓言
在长河落日中缩短风雪覆盖的那份恒久孤独的身影
最后
再让江河从我的掌心流过，从我的额头流过

十二月

紧握这门环跃动的颜色，还未将其关上
门便被十二月的风声所推开

辑二　诗句似雪

无　题（7）

失声的石头，口中衔着土地
垒起的巢不在树上，却在水里
火把秋季和冬天分成两行
一行于秋风萧瑟
一行于寒风凛冽

就这样坐在井里数着剩下的日子
火炕上的人们却在啃食土地和石头
等了许久，终于西风压过东风
此时，大雪把人们分成两列
一列生活在井中
一列生活在天空

感　激

如果去时和来时一样
都是在冬天
都在下雪
那么我就会很感激你带给我的寒冷、失落跟不甘

江河里的落日

就算你能满弓射下一片江河里的落日
归来时还不是要经过冬日里的寒冷

之所以我会从冬天的黑夜里攫取人性光辉的温暖
就是用以治疗我久未治愈的痼疾

其实，多说无益
毕竟还要在这场风雪中前行
所以有太多的过去需要我们
一一忘掉
一一将之抛在脑后

而我们所期待的春天就在冬天之后
就在荒原吹过的一场大风之后

断　章

没人再去扶住……
哗！夜就把自己哭成一道清冷的影子

我强按住身体里的悸动
却有一只小小的兽出逃远方

无　题(8)

你怀里已然生锈的那件铁器
再怎么用力也挖不动那早就坍塌的岁月
就像一把沙子被扬在风中一般

在我又一次用力奔跑的时候
竟然又跟这黑夜撞了个满怀

你说我胸中的落日无限凄凉
即便这已是秋天，即便果子已然成熟
也根本找不到昨天你就留给我的那份忧伤

最后只好又一次把自己置于那无人经过的路途
只好又从黑夜醒来去继续寻找这条路途的遥远
寻找灯火前你那早已遁去的身影

冬已尽

大可不必为明日的新雪发愁
明日自有明日之寒冷
所剩无几的日子里，就坐在山巅上看斜阳
剩下的留给春天里的河水
让它流进我的血脉，流进我的脊骨
最后坐等骨骼磷化后的几缕蓝光
在夏日的旷野里与萤火争辉

无　题(9)

当恒久在瞬间崩塌
决堤的
注定是那一往情深的爱情

一念之外就是荒凉

为何摆脱负重非要舍弃身后的残影
只因握不住的寒冷过于洁白？
才想要把雪揉成心底的一份坚硬
想把今夜的烛光抱成一场大火
却苦了整整跟随一季的秋天里的落叶；

总是试图握住这冬季里的寒冷
却一次一次搁浅于荒野上的大风
最后所有从黑夜中走出来的影子
都回归于黑夜
只因一念之外皆是荒凉？

无　题（10）

偶一翻身，一只青鸟飞出目光之外
独独留下一片茫然的天空

无　题（11）

就像所有未曾可知的寒冷一样
都会在鲜红的黎明流淌出红色的清晖
没有一次意外不是从秋天开始滑落
一直延伸到冬天的额头

就像所有未曾可知的危险
都不值得我们以身犯险地去试探一样
没有一次，从灯下走过的影子
不是提心吊胆地一直在这冬季的火里过活

初　冬（1）

一语成谶般应验了
躲过昨日的一场大风
未必就能躲得过今冬的寒冷
刚要走出这个秋天
雪就下在我去时留下的荒冢
跟我来时经过的路途
没有哪次离开不是落荒而逃
这次也不例外
也不全是因为昨夜风雪大作
今晨才有所感伤

无　题（12）

总归还是下雪了
冬天的如期而至
如同秋天的如期离去

选择孤独

你走之后的旷野
花也跟着开了几回、落了几回
我留下
不止只是为了去年冬天里的雪

已然凋敝的空天里的那一朵云
终还是落在那座无人的峰山
在过去我不会留恋

即使“有长林可风，有空庭可月”
我依然选择孤独

不为别的
只为我留在这个季节里的
自己还未远去的背影

等　风

累了，倦了
天空已不是去年的天空
翅膀也不是可以飞翔的翅膀
我站在悬崖上
等待一场大风

六月之时（1）

一盏灯火照亮不了整个黑夜
你说是我不愿承受生活之重有意留在这里
且你的影子被钉在那块白墙上
直至黎明一缕阳光从缝隙射来

我不愿再握你冰冷的手
开始
你应当可以感受到夕阳的温柔
就这样等着离去，不再拥抱这雨季里的六月

过后有所感悟，不过不多
想着捞一把同质的什么留给自己
奈何情深缘浅，还是伤了这六月

无　题（13）

没有谁是值得与不值得
阴郁与晴空都有必然的因果

叶落开始于秋来风起
飘雪开始于心底的一丝寒凉

六月之时（2）

以为你能从这阴郁的季节走出
这多雨的六月，不知藏着谁心里的潮湿
很多时候夜总是以暗色示人
昏暗处的你的影子显得更加模糊

我在镜中欲寻找另一个自己
且不相信事情一开始就得这样发展
有时我真的不想去管风吹过去的方向
透过格栅的窗子看着你
才知道你转身离去的背影有多么的落寞与凄凉

好多时候都是我过于偏执，才总是执着于这六月的雨
当一切又随风散去的时候，我该拿什么去追索明天
你将在河岸上留下来的隐隐脚步

无　题（14）

火在火的后面
夜在夜的怀里
只有那月色一如既往的惨白
你说你在水里

无　题（15）

在那些乌云盖顶的日子里
我竟也想就这样收获一城的烟雨
在那些淹没一切的尘世里
我竟也想就这样在其中泛海行舟

这个季节里的果子已然成熟
所以就别把后天要下的雪放到今天的晴朗之中

大概率会一直一个人走下去
所以当荒芜与凄清都归于我一个人的时候
我竟还紧紧握住锈迹斑斑的岁月不放

你的又一次离去，就如同黑夜消失于黑夜一般
即便曾经跨过万壑千山，蓦然回首
看到的竟然都还是雪，都还是冬天

心中有雪就是冬天

总以为秋叶落入火中才是最好的归宿
想不到我竟在水中抽出自己的叶脉
本就浪迹天涯，何曾有家？
所以每一次心中有雪，都是又一个冬天

这是第一次从拐走的秋天
来欣赏不属于这季节的美
所以我总是在最不合时宜的时候
又一次来到这片曾经到过的海

诗句似雪

你说我的诗句如雪，每一片都承载着过往的重量
且就这样飘落世间
虚空的尽头我不知道通向哪里
很想回头，可此岸终非彼岸

虚妄里我更喜欢火，所以很想走出去
“山山而川，不过尔尔。”
能够留下来的也就这样留下来吧
毕竟在这个秋天里老去的不止我到过的这一片原野

妄想迈出去的那一步就能踩着黄昏里的落日
可终不能一下就把昨日寻回
也不知道还有多远才能走出这里
毕竟夜色是夜色，水色是水色，秋色是秋色

痛

该是怎样的一种存在
所有被掏空的和被裹挟的
都有着同样的疼痛

或许苦等太久，才想要在一次沉沦里
逃过一世羁旅的漂泊

好让所有白的帆、蓝的海、灰色的天空
都能在后世的界定里找到
属于水或属于火的模样

八月的一场大雨

大过落日的这场大雨终是下到了深夜
冥冥之中的召唤
你的脚步依然沉重，将踩疼大地．黑夜和这个秋天

都好像有所图的样子
随手就握住了这个季节里的荒芜
本想就这样，把一场大风搋进那个空了的口袋
奈何
我不相信河水泛滥就跟这个季节毫无相关

对于我这个将要深埋于泥土的人
我喜欢这样的天空
喜欢这样的秋天
喜欢看你把风雪藏进身体里的样子

又从遥远的黎明走到这里
不想再去你曾经到过的那一片海

当暗下去的夜色又从四周向我靠拢
当胡桃的叶子又被风吹落好多

我相信风能给你的秋天也能给你

到了这里
就请原谅我再次走进秋天，再次被这个季节的景物所伤

无　题(16)

萧瑟的不止这个季节
还有此时的心情
如果这场晚来的大雪可以盖住过往一切忧伤
那么我宁愿春天不再来过

夜

是你把这夜横在身体里，让“她”戴上镣铐、戴上枷锁？
让我不得不承认我就是那个贩卖月光的人
你走得寂寞如雪
只留下去时的脚印和屋子里角落的一块暗色
该让我怎样走出去？山色空蒙易被这秋天所拐

你怀里揣着的前朝旧事里是否还亮着盛唐的灯火？
我搜寻目光之内企及的所有东西
我拦下黑夜里所有欲望的影子
将“他们”毫无防备地按在水中，此刻月光清冷

我会尽量在黎明到来前听到你在夜里用力的声音
我不相信一朵花的枯萎就跟这秋天毫无相关
如若我还盛年，我不会喜欢这风吹过秋天的样子

寻　找

所有不曾到过的海
都值得我们重新去流浪
或许，靠边站立得太久
才想要在迷失里找到空天里的蓝

大概率还会一直这样
又一次在落寞里出来进去
最后在被你伤害得更深的秋天
我握住这不再温暖的阳光

此 刻

该如何把刚刚碎裂的影子
再重新拼凑成一个完整的自己
你就这样把深渊倒扣在夜色之中
不让人再去抚摸将要到来的这个秋天
跟这秋天里一块沦落的天空

我们从所有该走的路走上来
再从所有该走的路走下去
此刻，只有风、只有我、只有海
此刻，我的肤色为淡褐色的

又一次送走黄昏，走进黑夜
你却不让人再去抚平你曾经裂开的伤口
好多次从燃烧的夜里走出，你的身上
都不带一块白、一块有颜色的东西

无　题（17）

在那些所有有风的日子里
我都会将自己紧紧裹藏

生怕自己就是那株秋天里的蒲公英
一不小心就被漂泊，去了远方

十四行诗，七月之时(1)

不要第一次就以火之名燃烧这个夜晚
暴风雨后将有很多树的影子折进渊海
很多时候我都不愿掏出旧事于这七月
你来过也将离去这是事物本质、发展规律
等了好久不见来人从这寂寥的门里走出
花开半夏又有一对蝴蝶翩然而至
早在去年或是前年就该料定今日之窘迫
空天里的那座峰山远看显得并不伟岸
阶台上你踩过的脚印，很久都无人再去料理
不应这样，屋子的角落就这样被蛛网所查封
好在一棵树不再以影子的被劈开为代价
去讨好那朵已然飘远的云，尘世里
人们也不再心甘情愿地去追逐更远的光
好在这黄昏里的道路就这样延展着伸向远方

无　题（18）

我无法判断明眸深处的你
是深夜或是白昼
是蔚蓝或是深灰
是远天外的一抹云霞还是近处方塘中的一池水洼

十四行诗，七月之时（2）

夹着滔滔江水，你的影子涉险而来
向死而生，我并不喜欢这样的黄昏
风吹过去的时候我已忘了去看今夜的样子
你的存在，应当可以改变我对天空的看法
别急着感动，我不能一开始就去拥抱什么
或许可以，但还是别忘了去看黎明的日出
事已至此，我开始去趟开那条河流的血脉
什么都行，唯独不能把我当成可有可无的存在
毕竟这是七月，让人沮丧、伤心透顶的七月
还有什么比这季节的落寞更让人感到绝望
我奉上我所能掏出的全部去供奉那块石头
即便有所迟疑，也是怀疑我自己
没有一颗星星熬得过这夜晚，你走过
在别人熟睡的时候，而我此时却望着明天

无　题（19）

在那些无可奈何的日子里
我竟爱上原野的空旷
野花摇曳，蜂蝶翩然

日子就这样被我从清晨挥霍到黄昏
没有一丝罪恶感可言
好像一切到了这都顺理成章的自然

难得此刻心情不坏
少了些愁索，多了份安然

十四行诗，七月之时（3）

只因一枚残叶飘落就遮住了我遥望的远方
你又一次以火燃烧七月却独留我于这黑夜
以黄昏后的一抹云霞为背景
我把自己搁置在一方“小千世界”
无外乎就这样走下去，该来来、该去去
昨夜我又梦到去年秋天里的落叶
雁在其中，你在其中，云在其中
所剩时间不多才又一次将自己从夜色里拉回
不晓得去年的雪又留在身体里的哪一部分
“风雪千山，年年破巷，夜夜孤灯。”
走了又回来的你是否记得当初之誓言？
灰雀在清晨的几声啾啾啼叫
终是撕破昨夜我没有做完的梦
就这样又一次把一块石头跟一块骨头同时扔向远方

白蝴蝶

震颤双翅，你的两翼夹着冥灭的空天而来
取次花丛，蝶舞翩翩飞过现在、从前

饱经风霜、破茧而出的疼痛无人可知
经过春天、留在秋日你将永远看不到冰雪

大火过后我将自己深埋于落叶
有人从你的身边走过且不作停留状

可怜白雪曲，遇不到知音人
愿你于尘世获得幸福且风吹过你就飞过

之前的那个黄昏

或许是因为走得太过匆匆
才忘了春天何时开始又得何时结束
雨从天边开始下起，直至眼前
凉了我
也凉了五月我所在的这个荒原

走在这孤独里
整个世界都是荒芜的
不小心，又碰倒了那道苍凉的影子
哦，这么多年过去了，好像也就这样

你冷漠的眼神中还略带些绝望
好长时间，就坐在那里怅惘
偶尔有只飞鸟从眼前掠过，再飞走
就这样撞疼了之前的那块天空

背面的夜孤独如之前的夜
被围观后
就地掩埋昨天看到的一切
因为它是之前的，也是过去的

秋　雨

在这秋日的黄昏里
风把你的影子拉得好长

又过了好久，还是下雨了
你走过来
秋天也就到了尽头

所以，我不是很希望
接下来的日子里你都在
因为那样会让我觉得特别感伤

目光所及皆是荒凉

好久之后的我应当一无所有
直到昨天我才从自己的眼睛里看到
天空的湛蓝里
埋着我今生再怎么用力也都做不完的梦
还好到了这里有一只托举向上的手
支撑着这沦落的天空
倘若此时不经意地握住这六月
请别喊疼，雨水之后我将很快放手

虚度光阴很久，我从没有做完的梦里醒来
割开的伤口已经愈合，我却又一次从黑夜走过
大多时候你给我的平凡都在路上
所以我很是期待远方和我曾经到过的那片海
花了很长时间才走到这里
也不知道为了什么，旷野的风还在悲号
就这样我努力去推开那扇早就破败不堪的门
却又一次将自己困在原地，里面的你也不得而出

以为自己能走出来，醉后清风、醒时明月
原来这个季节是我抓不住的存在

来来回回从这块湛蓝的天空下走过好多遍
终还是不能把自己置身事外，就这样推开
悄然而至的这个夏天终是打乱我奔向远方的脚步
路在脚下延伸，目光所及皆是荒凉
雨季里，很多潮湿的诗稿都需晾晒
而发霉的我至今也没找到一块可以栖息的葬地

六月之时（3）

想着该怎样才能走出这黑夜的时候
我的手上竟还握着昨日的黄昏不放
遥望星河，星子们竞相闪烁
如果此时水中的你的倒影
依然保有这个春天的温暖
我相信将要到来的这个雨季也一定很是温柔的

六月的风再怎么用力也吹不到七月
就像这山上的芍药再怎么艳丽
也代表不了那该死的爱情
如果此时你恰巧走过且不作停留状
我相信即使你的手上仍然握有玫瑰
它也一定是快要萎谢的

飘向远方的云

花开好久之后还是选择枯萎
如春天的如期离去不再回来

像是被什么摒弃一般
心中苦涩
难以用言语来表述

行走好久仍有走不完的泥泞
此刻，也不知道想用诗歌表达什么

站在山巅，看着一朵飘向远方的云
其实我一直想要背弃这条河流

听幽深小巷里脚步去时的跫音
终究是黄昏错付了黑夜
落花错付了东流之水

释 然

终于
还是走出来了
今夜无雨也无晴
对你无怨也无恨

终究
叶落于秋
而我本就不该从陈年的雪里
来攫取本就不属于今夜的月光

泛滥成灾

不愿相信夕阳下的你的影子也是红色的
到了这里也不再抱怨一路走上来的艰辛
几番风雪之后春天还是如约而至

被一场灾难蹂躏的旷野依旧辽阔
我走过，五月的雨水还是
不能洗去我身上沾染的冬日的铅华

到了这里竟有种莫名的感伤从心底涌起
刚要泛滥成灾就有泪水从眼中滑落

所以不会再轻易去看那片我曾经到过的海
此刻，黑夜涌动着滚滚黑色而来

太阳之子

我于死亡中看到生的希望
黎明的曙光，在燃尽后的黑夜
由血液的河流升起
大地随之撞响白昼之门
我是太阳之子
降生在一双粗笨手掌
以火的姿态去拥抱水
在日曜日里生火做饭
在土曜日中将死去的人们埋葬

沉　浮

好长时间里我都需要一个人走下去
春天来了又去跟你一样不作片刻停留
就这样花开过后春天也将随流水而逝
所以，不想再用那残破的身体
去赌明天的太阳能否从黎明的天际升起
就这样一艘远行的白帆行驶于苍梧之中

不愿相信暴风雨来得如此之早
眼前的你双手竟还紧紧握着黄昏不放
落日之前还有很多落寞和残破不堪的影子
在海湾的浪潮中浮浮沉沉
所以，别再用荒凉的眼神去凝望那片海滩的荒芜
因为我从来没有想过，你会从背后
紧紧抱住去年冬天的寒冷不放

辑三　执念与期盼

献给母亲

太阳升起于黎明
生命亦如是
火起于惊蛰之夜
起于母血

就像黑夜燃起于星光
灰烬于拂晓
就像生命之血液在水中流淌

第一次在土地上茁壮生长
于我
于这个春天的温暖

被你的目光所曲解

我不相信伤害你的就是这个春天
此时怀里的种子已然生根发芽

在这荒芜的原野上你竟站得如此笔直
使我怀疑我就是那个流浪者

过了好久才赶到这里，雨在黄昏之后
其实，我也怀疑这夜色里的黑
才又一次从河岸上走过，去寻那座
荒废已久的坐落于空旷里的夜之葬地

不然又能怎样？我刚站上山峰远望
就有一只飞鸟，就这样从眼前飞过

其实我也不愿相信我的善意
就这样被你冰冷的目光所曲解

好久之后你还是转身离去
直至消失在路的拐弯之处

谎　言

我看到巍立于心中的
那一座孤峰
在银杏举起头顶的一块云天后
轰然
崩塌在奔腾的江河之中

流水向东
这时有人从又一次潮水的退却中
拾捡到一些枯槁的、潮湿的
已隐隐逝去的谎言

深　邃

又在你深邃的眼眸之中
看到那久违的天空
怀着一只鸟的好奇心我奔向远方
就像怀揣黑夜寻找黎明一般

从冬天里爬出的我的影子
依然保有凛冽的寒冷
你走过来，在五月的最后一旬
且旷野里奔跑的那个人不是我

望尽天涯路，而我却在天涯之外
错就错在我不该在春日里期待秋天

我走过有雨的巷子
这里不是烟雨江南
所以我不再期待明天的阳光
还能够温暖照亮今天的夜晚

秋　分

总该为了什么而走下去
路的尽头尚不止遥远
用了一整个秋天里的痕泪
才抹匀这深秋里的天空
所以当秋叶飘然而至
我就不在乎落地时你的重量
能否砸出尘灰一片

匆　匆

剪下一段照进窗子里的夕阳
把它安放在我望向远方的空洞的眼神之中
你来过，在五月的一天
然后又将匆匆离去

好像一切到了这里都刚刚好的样子

我不用再去看那片辽阔的海
你也不用再去凝视夜晚无垠的星空
就这样你一直背着那道倾斜的影子
从黑夜中走进、黎明中走出

真不希望在接下来的日子里
再去触碰谁眼中的荒芜
索然一匹白马从苍梧中跑出

其实，我有走过那无人的戈壁
也跨过皑皑雪山的荒凉
只是到了这里才又觉得
我的脚步依然匆匆且不堪沉重

无　题(20)

树叶在抖落它身上沾染的天空的同时
又有一只青鸟飞向目光之外

宿　命

当所有夜行植物爬过秋天
攀上寒冷
就再也找不到温度该是怎样的一种存在

被这一场说走就走的漂泊，扯远的夜的影子
应当不会找到安身立命之所
才一直想在火的背面寻一安葬之地

好把背弃的水脉从土中寻回
好让所有背光行走的
都能躲过冬天被大雪埋葬的宿命

雪是白的

最后仍然相信冬天是寒冷的
夜是深邃的，雪是白的

期　盼

第一次从水中抽出火的影子
就引燃了这情欲之物
假使能从你眸底的一片深蓝找到这个秋天
那么下一场雪的到来就值得我去期盼

那一刻是谁将风声摁倒于黑夜
之后又将月色从悲凉的秋风中抽出
没有一句道别的话
就让自己消失在天涯路

要不是非得从水中挤出那滴泪水
谁也不会知道秋天会为叶落而伤悲
我们也就不用白白为了那片海
而哭成今晚一道清冷的月光

无　题（21）

黄昏之后，黑夜正在攫取路人的影子
此时，光不再是圣洁之物

我推演过好多次死亡的过程
每次都是一样的疼痛

最后的尊严

假使我们都如今日的落日隐没于群岚
那么这夜的一天星辰就有了血液与火的区别

而你最后也会在黎明里抽出自己的骨骼
好让所有坐化的土地重新长出荒芜

没有多远就是目光极致
再远就淹没于清晨里的水云

我挥手向远方
告别所有河流，漂泊一夜的失落与聒噪

好让每个路过的人都能找到活着的意义
和死后被安葬的尊严

余温

或许是我们都太过在意这个秋天
跟这秋天里的落叶
才一直徘徊于这片海
才让荒原上的风卷起波涛
而我们自己又不得不在其中沉浮

就如这个季节里一枚虚无的影子
任意搁浅或随意游荡
而不去刻意把所有的画风都描绘得温暖
因为总归还是要下雪

至少我们还占有真实
至少还收获一片荒凉
雾霭中却有一只手伸过夜色
来抚摸灯火暗下去的余温

继　续

就像所有掌心之外的旋飞一样
都是未知
都带有危险
所以我们才在黑夜到来之前
想要溺死所有火
所有发光之物
因为它们过于温暖
过于明亮
而使我们不知该如何下葬这个秋天
跟这秋天里自己无处安放的影子

一切正如我所希望的那样
秋天正在分食我们吃剩下的温暖
而漂泊一夜的你
却迟迟不肯归来
最后也只能继续我们未完成的事业
继续挖土
继续埋葬
继续喝水、吃饭、睡觉
和打发剩下的日子

无　题(22)

邻座深渊

我与孤寂对弈

赢了自己

却输了整个人生

逃 离

总是被某一暗色所引诱
所以我们才会误入歧途
才会把海的怒色误以为是某种喜悦
才会把你眼中之黑误以为是天空之蓝

走过所有未知行程
最终还是回到这片原野上的荒芜里
回到来去都曾经到过的这片海

没有那么多的时间可供我们流浪
雨水落在昨天耕种的土地
却和今天收获的喜悦没有半点联系

因为，我们总是喜欢这样赶赴我们的行程
让身后所有不能跟上的影子都选择自行逃亡
雪季到来前可任意选择离开的方式

月　光

总是有所求的样子
十月你可以选择任何喜悦的方式
为庆祝秋天的如约离去
或
为庆祝冬天的如期到来

荒原里的秋色已然亡故殆尽
唯天空的阴沉和淅沥的小雨最为真实

又总是很怀念的样子
希望所有的落叶都能落入火中
又能在水中找到灰烬后的存在

就这么在这季节的土地上
栽种昨夜人们喝醉时吐出的月光
和今晨它们吃剩下的某一善举

无可奈何花落去

不要把季节交换的阵痛看作是一场原罪
不可饶恕
是该放过自己的时候了
不要把每一朵飘远的云都看作是离去
夜总该有它自己的样子
在失落里行走得太久
也就习惯了一个人的孤独
试想
谁会去影子里寻找体温

已然瘦下来的那一片海
也只留下季节的齿痕跟残肢
这夜已然凋敝成西风的样子
也只好把等不来的梦看作是一场落空
让雨滴落在本不该有的回忆里
潮湿了几度春秋？
就这样我倒退着从季节的窄门进入
终于把天空交还给天空
本不该就这样
无可奈何花落去

试想
冬雪怎会暴露在夏日的阳光之中

黑白更符合此时的心境

只是偶尔的心情不好
今日的天空就如约般阴沉
跟小雨的淅沥滑落
就跟这秋天向冬日滑落一样
不可避免
不可挽回
一发不可收拾地滑落千丈

又触手可及般接住一枚落叶
随处找一安葬的地方就好
剩下的日子我们就白描这个秋天
跟秋天里我们吃剩下的一块天空
虽然不及彩绘鲜艳
可黑白更符合此时的心境

画

多少还是有些意外
随处可见的断壁残垣就这样横卧在画册里
也许描绘得过于凄凉
不得已，才把它安放在秋天
跟这秋天的荒原上

让所有拐走这个季节里的火
就这样炊烟袅袅
而又不去理会明日即将到来的一场大风
和即将到来的冬季跟冬季里无边的风雪

无边落木萧萧下
写的也是晚秋的景致吧？
虽然我们能将江河别在旅人的衣角
可边框上还是有河床的裸露

还是被这秋天拐走一树落叶
不得已
只得等那滔滔江水瘦成一天秋色
再去捡拾远处的那一片荒芜

落日后的余晖

就像所有逆光行走的人一样
都不会为一片海的荒芜而感到惋惜
不得已才站在这秋天的落叶里
看着残阳里的最后一抹余晖
打在那个人的脸上
虽然满眼风霜，可也有夜空般的深邃

或许是因为我们过于自信
才总是频繁地走过那一块海的滩涂
空天下你的影子过于缥缈、过于虚无
总有握不住的自己向冬日倾斜
而我越靠近这雪就越怕这白
生怕就这样硬生生地将自己淹没
淹没于秋未尽、冬未来的这个夜晚

从失落开始

没有谁的脚步沉重不是从又一次失落开始
我也一样
在这城市里的街道游荡
如一翘起的右腿闲来无事

最终也只是路过
就像路过这个秋天一样
假使真的就溺死于这片海或搁浅于这片蓝
如一艘千疮百孔的船

那么就让我这样一直安静下去
如葬地的墓碑一样“冷直”
且死守那一块早就该放下的天空

一片春愁的海

没走很远就是黑夜
把梦放下，搁置于不起眼的角落
今夜无眠
且半残的缺月
还是凉了这三月的天跟湖水

没想过今后的春天如何开始
就先要为这一片春愁的海
放下很多
且终归是回不去的离别

执　念

残存不灭的也仅是心存的那一份执念
最后，随秋叶于西风飘落后
也只剩下一树光秃举起一块空天的深蓝

剩下不多的则赋予流年
也就没什么遗憾
也就走进了寒冷、走进了冬天

海边观落日有感

往往只是一念
就犹如落日被这秋日里的江河所拐
我站起
惊惧于水里那道血红色的残影

远处鸥鸟高飞，掠海而过
穿行于岛屿跟薄雾之间
再回首，残破的光辉已隐没于远山
黛色崖壁的投影也落于黑暗

彼时
一弯眉形残月已然升起，挂于远天之外
独留一枚落叶随风飘荡
落于灯火与潮海之间

深　秋

已然从秋天的落叶里摸到寒冷
就别问今冬的雪将要下在何处

雁阵抬着自己
就像抬着这虚无的空天

在过去就是冬天
不过也没人能从昨夜的寒凉里
摸到一丝温暖

钟面上的分针逐着秒针
刚刚重合，又被时间所离分

久违的不是这个秋天

久违的不是这个秋天
跟这秋天里的落叶
而是晚来的那一场大风

正当我荒草丛生的眼里
满是凄凉
这个冬天的大雪就如约而至

我竟也如此卑微
卑微得如一粒飘浮在空中的尘埃
即使落地也都将悄无声息

黄昏里那如血的残阳
竟也能如鹃鸟去年咳出的鲜血般艳红
在过去，已然寒冷

真不知该如何在这半残的月夜
让身体里流动的血液
再怎样浸出那属于海水的盐分

迷　惘

远山还在远山之外，空来人间一趟
即使我再怎么用力
也不能从一场无边的迷惘中醒来

跨过大河，我站上高山
该来的来，该去的去
如果非从这落叶里来攫取这江河的影子
那么让我如何在下一个春天诠释火的意义

秋已尽，雨已凉
我却从未在一场离别里
把夕阳写得如此凄苍

十月感怀

阴郁的日子为何总是在这十月
我站上高山，俯瞰大河
也无非就是空天下的长风从脚下吹过

皓日当空，光照九万里河山
不见曾经策马奔驰之少年
大鹏展翅蔽野千里，长虹贯日，直指九天

胸怀家国的人肯定也儿女情长
怀揣四季的人肯定也怀揣忧伤

先知的预言

总有悲伤的事情发生
亦如白雪走进春天
万物从四季走出又走回四季
炭在火中燃烧一样

靠海的一边有人站立
孤帆和海鸟
同时划破长空
留下的也只是刺痛的曾经

有人说宇宙在大爆炸前一片混沌
可先知从自己的预言走出
又走回预言
谁又是那个在雪中迎风伫立之人

总归还是要下雪的

总归还是停下来了
一夜秋风化为一树黄叶飘落
旷野里几棵白杨支撑着沦落的天空
清晨里偶有几朵云飘过
飘向远方
与蒲公英飘落的地方同向

总归还是要走的
没人留得住这秋天里的落寞
和这被啃剩下的一块天空
或许本就得到的不多
也就不在乎失去多少
因为这已然是冬天，总归还是要下雪的

十月里的秋天

最后
谁将是那秋风中一枚飘落的黄叶？
且当你又重新走进黑夜
飘摇的可能就是这个秋天
跟秋天里误入歧途的你的影子

不是所有风吹过的地方都会长出新草
就像所有的人们
都不会在荒芜的滩涂上种植去年的阳光一样
或许是通往春天的路途过于遥远
不得已，才驻足于这个秋天

无　题(23)

谁肯花那么长时间
来等一场未曾到来的雪

就像谁又肯为这黑夜
而白白搭上自己的明天一样

要么就这样

要么就这样
就这样在夜色中穿过
从暗色的一侧
滑向另一侧

要么就这样吧
让所有的树都在春天开花
秋天结果
且不再让这一再消瘦的天空
就莫名地沉沦于一场大风

孤独前行

或许是因为影子过于沉重
自去年被嵌入疲惫的墙上
就再没有走出过
世界崩塌前一队鼠辈出逃远方

夜色中我孤独前行
拐出巷口，走过无人广场
最后在一棵老树下
致敬只有一颗星跟半枚月亮的天空

天亮前一枚落叶准备远行
而火中升起的风
在水中打个旋就悄然隐去
大雪之前只有那个孩子还在寻找

低头的苇草

当海水注入天空
而天空倒向我
谁该是这个季节里飘落的一枚秋叶

当大地一片惨白
而眸底只有太虚的迷茫
我又活在哪个维度

每一次从冬日里走过
总有寒冷
总有白雪飘落

不经意间，一棵苇草低着头
走过这荒芜的原野

缄　默

你总是缄默，开口又止
所以我不该一再追问那个人的模样
去年的新雪敷在我前年的旧伤上

且当你重又走进寒冷
飘摇的可能就是这个冬天

所以在你眼中竟读不出半点柔色
看到的满是落寞与孤独
跟你在灯火前残破的影子

期　盼

或许是因为流浪得太久、太久
才总是错过
才总是在夜里醒来备感孤独

又一个下雪的冬日
在形而上的哲学里
在形而下的现实中

于你的眼中抓出一把水草
风干后
竟是你千年前割下的一把头发

我是如此期盼
又有些无可奈何的落寞
才想到写你
才想到写诗跟远方

例 证

最后仍然相信风是自由的
而我们的存在
不过就是为了例证
在这城市的荒漠里
每一串足迹的留下都不是光着脚走下去
就可以完成的
在刚刚开始的结束里
让我对未来有所期望
也有所失望

恰　巧

只因太过安静
才会不小心听到尘埃落地的声音

如果恰巧
如果恰巧你此时走过
我会把影子藏在暗的背面

只为能让今冬的雪
也可以在掌中溢出温暖

午后秋雨

唯余这雨砸在玻璃上发出的噼啪声音
剩下的世界暂时是鸦雀无声的

一眼望去，远处群山苍茫、原野寂寥
恰巧与此时的心境融合
哦，背后又硬生生浮起孤独一片

所有下雨的天空都是阴郁的
就像所有心情不好的日子一样

也许注定要这么一直走下去
才不抱有太多的希望
于下一个晴天
会有怎样的奇迹出现

无　题(24)

白雪飘过发间
零乱的不一定就是这个冬天
期盼总在心里
等待的也不一定就是那份痴念

十二月的严寒不来
江河里的流水不会凝结成冰
三月里的桃花不开
也不会等来秋天果实的采摘

所以望着江河日下，风也潇潇
也不一定就是凄凄雨兮，夜也飘摇

躁动的兽

如果说夏荷的升起是禅的某种寓意
那么，就今夜的风雨我能说些什么
毕竟谁都没有走到天涯的尽头
秋菊就死死抱住这个季节不放

从影子的第一次出逃算起
仅仅也就是昨天、今天的事
且被风掠夺一空的我
不得已才紧紧按住身体里陈年的雪

且将它压得很低
低过一粒飘浮在空中的尘埃

从小小的梦到小小的期盼
身体里总有一只躁动的兽
要么探头探脑
要么就以千年沉默来回应我

辑四　时间影子

土　地

1

从北回归线开始
稗子和谷物的私生子
就沿着地垄
导引血液向南流
雪季已尽
大地惨白还亦如死者身上的亵衣

2

寒冷不去，春天不来
走在冥灭与无始的边缘
古老的河床里
承载着多少远古基因序列的图谱
而我们在有与没有之间
延续着昨天

3

火，火在水中生成
水，水因势而利导
在颓废的荒芜里虚掩着春的面容
此时，有人从父亲的脊背踩过
有人从土地上的高岗走过
且墓碑上的名字清晰
雪
就该葬在春天
埋在冬野

凶　手

从季节的第一次失声开始
就没人能再喊出你的名字
落叶埋入火中
你被埋在落叶之中

河流从水中抽出昨天
从秋天里抽出尸骨无存的自己
且影子的一个转身便到了天涯

黑夜于痛苦中
希望进入人的身体
希望雪季到来前孕育另一个自己

不得已时间才在神的面前写下认罪书
在上帝宣判之前
谁都有可能是杀死自己的凶手

总有不习惯的风吹过

总有不习惯的风吹过
总有不知名的雨在山间下起
被割裂的
和被保存的就这样有了本质的区别
我没有在飘零的叶子中
读清生活的脉络

总有山横在寂寥的脚下
总有路伸向远方的遥远
被遗忘的
和被念起的就这样都被钟面上的指针领远
谁能看得清三千大千世界里
惊雷滚滚的谎言与欺骗

我一直试图背叛这个季节
和风雨飘摇后的这个秋天
是该穿上自己的长袖了
且把所有披在身上的尘土
统统掸进那早已布满蛛网的旧箱

总有一个人要忘记

总得一个人继续前行

被杀死的

和被饶恕的都流着同样鲜红的血液

且我就是那个远行者

向着黎明、向着黑暗、向着森森葬地

…………

等

是谁捣碎今夜一天星辰
让我独独留在这个夜晚
等天明
等风起
等待眼前这片孤寂的海
偶尔也能有艘白帆驶过

还没到达午夜

总该为自己写些什么
河流咆哮了一个夏天
瘦下来
大概也就是昨天的事情

单薄的身体刚适应了这个有雨的八月
就被一场秋风送回到九月

而我
刚刚穿过原野上的一块葬地
还没到达午夜

伤心总是有的

伤心总是有的
难眠也不是因为今夜月色的美好

当有人披星戴月地从九月赶来
身上是否也粘有秋露的凝重？

今晚夜色沉沉
没有桂花飘香
也嗅不到秋菊之清愁

刻　意

是这冬季过于寒冷才使我想起雪
第二次就想起这失聪的天空
至于你，来没来过、走没走出，则与我无关

以至于我都忘了这个季节
是不是该刻意去歌颂或刻意去回避

每一次从落魄中走进走出，都有在墓地中
站起之后又倒下去的惊惧与惶恐

所以，当有人推开这晨色
就再也不去考虑黑夜里你的感受
只快步走出那山色朦胧里依稀的旧事

曾 经

就这样秋天被挂在昨天的墙上
轰然倒塌后
成群的影子结队地拐进拐出

从枯井里取水的人，眼中
扯出绳子，拽着明天
一松手就再也找不到来时路

落日之前
瘸腿的跛子跨上时间的瞎马
一转身就到了天涯的尽头
再也回不到曾经

曾经被贴在海水泡过的礁石上
踏上去
要多危险，有多危险

无　题(25)

风从风里吹过
火在火中燃烧
被呼喊和被沉默的
总在开始之后
又沿着脉管流回身体

想不到
我竟爱得如此深沉
影子从昨天的路口
拐进今天的路口
明天将在以后的日子里
被钙化或被溶解

必　然

你总是在我没有准备的时候
就这样匆匆到来
再这样匆匆离去
和这夏季的雨一样
和这初秋的风一样

你说我们都是秋天里的落叶
远走天涯是必然中的必然
而我却渴望火……
落日前谁都没有摁住那把旋飞的利剑
（伤害的是你，也有可能是我）

九月的天空

不幸的是，真的被你言中了
九月的河流一瘦再瘦
雨水也不再是这个季节的常客
而我则试图从一片荒芜里
抓出一把虚无，以太虚的太虚
来填满九月的天空
就这样
一朵野菊躺在诗人笔下
妖艳着它的妖艳
且从无到有
到无极远、无穷尽……
到这里
是时候收笔了

初　冬(2)

冬天以稳稳的步子走来
身影未至
而
寒风先到
夜雨先到
我盲从众多脚步于这十一月
却
淋了夜雨
吹了寒风
又被黑夜裹挟
带到天明

秋　死

穿过山林稀疏的荫蔽
穿过海潮退去的滩涂
走过人群漠然、冷漠的眼神
走过喧嚣熙攘的街市
我望着来时路
我望着天空一朵飘向远方的云
在这个深秋的夕阳里
在这个没有满月的夜晚
写下山和树的影子
写下海潮和诗歌的澎湃
等有人拾起我的名字
等有人听到我救命的呼喊

爬行的影子

让崩塌的世界又陷落于一场意外
在一根灯柱炸裂出所有虚无，而光不再浮行时
夜莺扯住这下坠的夜晚

又有多少个梦能跨过那道长长的灵河
让所有爬行的影子也都能立于神的侧面

或　许

或许
六月是孤独的
一片叶子就染绿了整片天空

或许
飞鸟是孤寂的
整片天空都找不到翅膀掠过的影迹

或许
我可以学着遗忘
不再为目光投入湖水激起的涟漪
而耿耿于怀

或许
我就应当死在这六月
不再为七月的到来而神伤

无　题（26）

或许时间跨度过于漫长，才会刚跨过这夜的凄凉
就又触碰到黎明的孤寂

所以我总不愿意去握自己伸出去的右手
生怕就这样硬生生抓回虚无一片

方　向

如果孤独总是要寻找一个方向
那么就选今冬的雪跟寒冷

自第一次站在这澄蓝的天空下
就爱上这原野的空旷和素白

尽管萧瑟荒凉了些
总还有我喜欢的地方

活着之痛

把所有的昨日都汇聚成这一点
且在檐廊下独饮渴欲的影子
笑声传自那张僵硬而灰白的脸
脸色如灰色，此时谁都没有注意夜色里的黑
我们就卧于那流动而失声的床上

是一天星辰啃食这冬夜之冷
才让我们有了活着之痛，有了立于风中之感
而此时从血液中爬出的自己
该是一种怎样的落魄与悲凉
唯寒风从身边吹过
且不作停留状

白　露

自伤害和欺骗之后
就不再想着去追逐天边的落日了
自泪水凝结成今夜的一天星辰
就不再想着去写星空的璀璨
总在不经意间的触碰
抽象的事物变得具体了些
比如爱情
比如死亡
比如死亡伸出的右手
比如你
比如风
比如风上的天空
比如海
比如诗
比如诗中的意境

随波逐流

所有不期而遇的相逢都淹没于这场大雪
这场寒冷之中
不得已我才一直保持站立的姿势

这样即使你的影子向冬日倾斜
也不会随波逐流
被漂泊得太过遥远

习　惯

没人熟悉这道影子的凄冷
光就吃完了整个冬天
当你还在为一场雨的到来而纠结时
也就注定这个春天不会太过晴暖
所以我总是得习惯、习惯

一个人奔跑
一个人孤寂
一个人躲在黑夜里
把身体里所有蠢蠢欲动的兽
都溺死于那片没有水的海里

看 着

是谁从那片荒芜里走出
那个可怜的孩子
眼巴巴地看着
看着苍白的太阳从古老的河流升起
看着铁线莲和狗尾草逃走的清晨伸向远方的路
看着老得不能再老的一棵槐树下的一口老井
看着通往秋的葬地小路上旅人漂泊的足迹
看着过去的、过不去的昨天
看着来了还要远去的今天
看着落叶堆积如山的这个午后的黄昏
看着风卷起落叶而飞扬一个季节的原野
看着黄昏的一只脚已经迈向黑夜里的疼痛
看着有的、没有的谎言中能否听到小河隔夜的呜咽
看着江水送走最后一块黑色石头的投影
看着海潮拍打礁石而鸥鸟高飞的海
看着雪季未至而寒风袭来的这个秋天
眼巴巴地看着
那个可怜的孩子
从那片荒芜里走出

白莲花

夜幕下的黑暗
掩盖了谁的裸奔
黎明前的破晓
也没见到谁感到羞耻
黄昏下的一匹老马
驮着昏暗的光负重前行
而磨盘上的叫驴
等待它的，终将是画不出去的圈
雷电劈向山岗树枝上的乌鸦
暴雨冲毁拦洪的堤坝
淹没心灵高岗
谁的心里又能开出一朵圣洁的白莲花？

大概也就这样

大概也就这样
九月的风吹得不是很烈，也不是很舒缓
九月的艳阳不是很热，但还特别温暖

偶尔
九月的某日也会下雨
也会有几片落叶漂泊在空中
再随风慢慢落下

我就在这安静的九月里等待十月

四　月

坐北朝南
我在一口旧棺中吐出新骨
在一颗坚实果仁的燃烧里等待死亡
等待那一场迎送的大火
将四月
将四月烧成我想看到的颜色
烧成我想要的虹

就在这漫天星子中，我欲找寻
找寻未曾有过的失落
于春天、于四月、于火
在这干涸的四月里
连一滴汗液都不肯从毛孔溢出
拿什么拯救你，那尾干渴待死的鱼

我拿什么去缝补昨天死者身上的亵衣？
就这四月的天空
你又为何躲在无泪的河流？
为何在大火焚城前不离开那双温柔手掌？
是盐诱惑了你？
随之将你带进焚场

义　肢

那个玩火的人死了
据说点燃毛发的是一滴泪水
去年刚有人呼喊
今年就戛然而止
（一匹白马奔跑在苍梧之中）

这个夜晚
不再有人讲着古老的故事
由此
一些谎言从嘴里蹦出
认真的人就此长出第三只耳朵

我没有说谎
却被人们当成鼙鼓
任由持槌人在身体上反复敲打
难道这就是等死的节奏
我不信

不由得将一只手做成义肢
挂在那个奔跑者的胸前

黄　昏

当你手拂绿柳打湖边走过
那白色的苏堤就再也扶不住你水中的倒影

清风将斜阳点燃在一片激情里
只有远山还在秀着“她”婀娜的曲线

谁的箫声

这夜色中徘徊的影子
该是一种怎样的寂凉
从属的月色
该有的寒冷
都与这夜星泪的孤寂恰好吻合

晓风残月一缕伤心
枯草黄叶又一深秋
是谁的箫声？
吹落了满地黄花
也让唐诗宋词的韵律
平添了几分忧愁

我也不信

1

没有一只飞鸟越过这茫然的天空
你用荒芜去掩盖你眼中的荒凉
神的葬地寸草不生
谁将追随岁月的风
找寻一条漂满“灵魂”的河流
雪季已至
人们不再讨论落叶的归宿
谁都没有理由抱怨这场大雪
你也没有
剩下的光影交给下一只举起的右手
或许可以握住这场白色的坠落

2

本就没有升起
何来坠落？
推开冬季的门
看到的还是冬季

还是冰雪
我在这冰冷的北方害了南方的阴雨病

3

所有的故事都要从春天发芽的种子说起
可你眼里只看到秋叶的落尽
本想从自己眼中为你捧出一朵夏荷
捧出的却是自己惨白的尸骨
还有一些没有盖得上的新土
哦！原来这是六月
可我眼中的荷？

4

那个世界的人不相信死亡
不相信爱情
不相信人很善变
不相信活着是为了活着
甚至他们都不相信自己
我也不信

5

我也不信我还活着
我也不信我已经死去

我也不信我是天空的飞鸟
我也不信我是飞鸟遗落的羽毛
我也不信我是海中的鱼，你是海
我也不信你就是那礁石上等我的妻子
而我就是那个远航的水手
我也不信我就应当这样活着
我也不信我就得这样死去

冬日午后四点钟的阳光

冰冷的余晖正在攫取树的影子
而我从春天赶来
不只为赶赴这一场凄惨的白
不只为这一场寒冷而来

或许本不该这样描写一段午后时光
毕竟都还没有走到水尽山穷
毕竟还是从昨夜星辰的灰烬中摸到一丝寒凉

所以在这荒原上徘徊的我
总让脚步远去后再度折回
就站在这原地看着自己
如何能走出这失落里冬天的寒冷
和即将要到来的一场风雪

小　寒

开始就有人去握那块不是很蓝的天空
不来还好
这不
冬雪又下在你走后的黄昏

我不是那个悟道者
所以没必要非就跨越那座空城

悲从悲来、喜从喜出
不信你就是我眼前的那座峰山
让人不可逾越

考虑好久，还是迎风而去
不为别的，只为今冬的这场大雪

好久之后我仍一个人奔跑于旷野

信 仰

我不信你能从一片汪洋里寻得一块陆地
风吹过的地方不一定就是春天
我走过，有雪的地方也不是很白
且有融化过的痕迹
再往远处将是未知的葬地
扬帆时一抹残阳也将日薄西山

风有时，雨有时
能从一片荒芜里找到自己的影子
今生也就不算失去很多
所以别再用无辜的眼神去凝望别人的深渊
他人所崇拜的
不一定也是你所信仰的

误

我竟又从秋天的落叶里找到自己的影子
好不悲伤
风一吹就凉了一湖秋水

在过去，已然寒冷
所以不能一味迁就我的脚步
即便这样
也没必要在这夜里非得怀抱忧伤

你来过，风也来过
才又一次从老了的天空里
寻找黑夜后黄昏留下的痕迹

即便这样也还是看不到走上去的路
才又一次将你从火中拉回
又一次把你眼中之黑
误认为是天空之蓝

人生态度

让人生凝聚于一点
我是冰
亦是雪
更是水

不该这样

我不能一语道尽这三月
刚开始以为不是这样
也不该这样
澄蓝的天空下海有所怒

越过无边荒漠
边界的尽头就在远远处

所以你不该把心有所感变成心有所伤
残阳下的这个黄昏依旧寒冷
余晖中的落日又能温暖到何处?

不　甘

总是妄图给春天以温暖
雨落花开的季节
也只能躲进黑暗
星空下有人心生怜悯
蹚过那澄澈的明眸
与背道而驰的现实
我不能接受
最开始不是今天这样
我摸到怀里曾经做过的梦
刚刚有了温度
就被灯下飞起的蝙蝠所凉

又度过几个寒暑
这一再消瘦的天空
竟也沦落为今天我的下场
再怎么心有不甘
也不该对三月恶语相向
花开未半
雨落无声
这是一个多么有希望的季节

况且

海的另一边依然有人伫立

三　月(2)

多少还是放不下这三月
乍暖还寒的时候
总有太多难熬的夜

在过去已然不适合走得很远
黄昏里有人迎风而立

褪去冬日里的寒冷
正午阳光的温暖更沁人心脾

此刻我“握”住自己不再流转的目光
如同握住明天
如同握住希望

起风了

没走很远就起风了
雨在黄昏之后
三月，水波拍岸的日子
我们却数着走上来的路

在这短暂的宁静里
孤寂就像春天里的野草
疯长在荒原上
刚刚有所释怀
就又被今夜的灯火所伤

心之物语

1

本以为自己不去回头
就看不到曾经带给自己的伤痛
可谁知脚步越是向前
身后的影子就越发沉重

2

从未丈量过我与一场风的距离
如果不是无尽的悲愁填满心中的沟壑
我绝不会又在季节的拐角处
写下这些伤心的文字

3

我是如此钟情于你
不知道诗和远方哪个先到？
我曾用荒芜去掩盖心底的荒凉
最后只得在一场雪中完成救赎

4

天阴成这样
与我此时的心情无二
如果有一天连诗歌也亡故在远方的路上
真不知道该把自己安置于何处

5

从影子的第一次跌倒开始
身体就再也没有站起来过
这多少让人有些失望
不过与此时的心情．境遇无关

6

每一次当我折断羽翼
或是风雨阻断前路的时候
我都会把自己紧紧抱成一团火
或是一块千年不醒的寒冰

7

刺骨的寒冷总比入骨的疼痛好得多
今夜的风冷过昨夜
真不知道是秋天成全了落叶
还是落叶成就了秋天

8

如果这夜色
能够遮掩住过往所有忧伤
那么我会把即将到来的黎明死死摁回身体
不让太阳重新在地平线上升起

暗　夜

像是走不出去的样子
夜很黑很冷，摸不到一点温暖
该把自己安置于何处？
你那冰冷的影子还是有些倾斜
就算我不顾一切去拥抱
山在何处？海在何处？你又在何处？

不想你还是选择黑夜
我才把自己从旷野中再度拉回
哦，今夜之黑竟然胜过昨夜之黑
慌乱中我竟踩断自己手中的一根葛藤
踉跄中的一个前扑
不知道能否砸出一个黎明？

影　子

空天里那队北飞的大雁正振翅前行
沿着地平线
尽量把荒芜抬得很高

今夜这个城市的灯火依旧璀璨
暗处的我渴望原野，那是自由的

即便这样，我还很是欣慰
你能从夕阳中走出、黎明里走进

就算我再后退一些
留下的是否就这样永久地留下？

杂乱的脚步在迈过那些肮脏的沟渠后
就消失在无人的暗色之中

辑五　长夜

致逝去的青春

1

我扶住自己
扶住就要倒塌的墙
影子慎重地从夕阳下走过
唯今夜湖水凉过昨夜
走在古老无始的路上
据说有人的存在就有了路的延伸
云要早于路的存在
天空要早于云的存在
更古老遥远的则是星际的无垠

2

今夜有雨，雨要晚于风的到来
我晚于雨的到来，而你没有来
据说是因为一头小小的兽从灯火中爬出
才误了你我今日之约定
而那个断臂天神正用自己
喂养小小的明天

明天在大地摊开的荒芜里
在山海相接的缝隙之中
在你没来却早就存在的路的延伸中
在我匍匐却没有被榴弹炸死的目光里……

3

目光在看过秋叶的落尽后
就不再流转
雪在翻掌的同时扑向我的额头
飞沙走石后
人们开始埋葬自己
挖土的挖土，做饭的做饭
谁都没有注意从灯火前逃走的那个影子
腾空而起、翻墙而出
过后怎么也找不回今夜丢失的遗像
亡命天涯许是它一生的宿命

4

应景的应景，抒情的抒情
语言随即变成伤害和欺骗的工具
由此
天空由湛蓝变得惨白
由惨白变得铁青
又由铁青变得黑紫

多少都变得让人有些失望
夏季的尸骨还在裸露
我却走完了一整个秋天

5

一些事情总被忆起
一些人却早就在落日前扬起远行的帆
从变化的事物中看到一些事物的发展规律
该腐烂的腐烂
该爬行的爬行
该隐去的隐去
我介乎这些规律之间
该行走时却在爬行
该活着时却想到死

6

你伸手向我
双手握住的却是一场冰冷
自第一次从这下旋的世界睁开眼睛
光就隐浮于云
云隐浮于天空的蓝
而我却隐浮于双眼背后
谁都不曾触碰到的荒芜
荒凉是荒凉了些

不过也不是寸草不生

7

一场浩劫之后
我躲在雪的背面
鸦背上的黑成了今夜之黑
冷没有高过风
风没有高过死者的坟茔
坟茔没有高过眼睛
眼睛也没高过今夜的星空
该如何下葬是明天要做的事
今夜不谈理想、不写风月，只看星星

8

你来得不早也不迟
却没赶上盛大的夏日的葬礼
只因报信者被长天里的秋风所拐
才使我们迟迟不能接收秋天接掌世界的事实
有些事情要从火的出逃讲起
听与不听是你的事
我却不能不讲
刚刚有人知道风雪是怎样联手杀死自己
就有人把今夜哭成冰凉的湖水

9

从来没人提及昨夜之事
我虔诚地跪拜在佛的脚下
却不小心触碰到上帝的右手
它没有愤怒
我却把自己哭成秋天的一枚落叶
今夜，拿着刀子雕刻昨天的人
不小心又触碰到自己的手掌
左手刚握住一阵温热
右手就有一只冷冷的蝙蝠飞出
飞行于白昼里的夜、夜色里的黑

10

从来没有该与不该、行与不行这回事
就如这夜的黑和我的活着
都是从事物的一面看到两面
最后却在下定结论的时候
才发现
生是存在的一种形式
死是存在的一种形式
今夜我仍然活着
且目光高过死者的坟茔

半生飘摇

1

从无始走向另一个开端
博得掌声的都是人生虚构的情节
从黄昏走进长夜
我就是那艘寂寥的孤舟
航行于这寒冷浩渺的星际

2

是谁从白昼走出
穿行于夜色里的黑
当影子从一个街口拐进另一个街口
就在一根炸裂的灯柱旁
提起那人半世忧伤

3

灯塔的一生指向大海
而我存在的意义不在黑夜

长夜里，树的年轮暗自生长
如果非要有什么事情发生
不知道一枚飘落的黄叶砸中黄昏里的落日算不算

4

在摇曳的烛火前
我吻过十字架上耶稣的右脚
鲜血淋漓，血肉模糊
“受尽苦难是人走向神的必经之路。”
他们“如是说”，我却不得不信

5

在菩提子成熟随风飘落前
我虔诚地走完十万大山
佛陀捻花示众，迦叶尊者笑而不语
最后也只能落在，
菩提本无树，明镜亦非台。

6

信仰是一回事，宗教是另外一回事
我膜拜心中的膜拜，祈求心中的祈求
如果非要做些什么
我会把长夜的星光攒起

让这夜空升起第二枚月亮

7

孤岛上的棕榈树叶一再飘摇
应当就是暴风雨来临的前兆
外乡人，请藏好你那蹩脚的乡音
等灾难过后
只有一个哑巴还在挥舞着他的右臂

8

洛夫向废墟致敬
痖弦无望地看着深渊
当人们再次听到长夜的钟声
多少人是活在梦里
多少人又活在现实中

9

走过夜的葬地
我路过夏雨，路过秋风
而独独没有赶上你
冬雪从爱人的发梢飘落
而我却死在等你的春天

10

烛火又一次照亮夜的脸庞
没人愿意经历哀伤
当有人再次
再次问起长夜是怎样的凄凉
我把烛火掐灭，黑暗给想象以翅膀

11

要留的总归会留
要走的不必强求
在半世的飘摇里我学会逆风扬帆
可每一次都有太阳从胸中升起
每一次都奋力前行，却从没有到达过彼岸光明

12

彼岸非此岸，此岸也许就是彼岸
当有风从肩头吹过，当有雨下在干涸湖泊
当有岩石从湿冷里凸起，当有勇气不再畏惧黑暗
一个潮头又从梦里袭来
又一次将我打回那无望的深渊

13

长夜里是谁撒下第一把孤泪
凝冻的或是别人的悲伤
在这凄苦的冬季
还好有白雪遮掩住大地的忧伤
而我却是那一棵枯黄的野草，也只能随风游荡

14

漫天星光在清晨炸裂
没有阳光照进现实与梦想
就在长夜即将过去、破晓还未到来时
我抓起一把下在去年的雪
将之重新压上胸膛，生怕火热将自己灼伤

15

当一双明眸从苦情的背后走出
所有的结局注定都是以悲剧收场
就像孤独国里的雪，无论是下在冬与春的接口还是秋与冬的接口
无论你是自己的国王还是现实的仆人

16

所有的结局都已写好
要改动也只是一些细枝末节
未知的将来和不堪的回首一样
大概都是从阴雨走进泥泞
奋不顾身也只能抖落部分的悲伤

17

就这样我从一个孩子长成“半成年轮的树”
虽说身体弯得不成样子
可还是擎起自己的一片天空
就算乌云盖顶，就算星空孤寂
可总还有一片云挂在最高处的枝丫旁

18

长夜里又有一颗寂寥的寒星
划出贝壳式弧线的美，之后再坠落
也只能是仅有的一次的哀伤
我又一次陷入痖弦笔下的“深渊”
“路过肮脏的水门汀不要脸地活着，占着地球的一部分。”

19

我们都是天涯尽处的过客
饮落日的余晖，饮长夜的无尽
饮圣坛前的敬畏，饮耶稣钉死在十字架上的目光
饮世人皆知的疼痛，饮大海奔腾的咆哮
饮黎明里的日光，饮月色惨白的流转

20

从开始到另一个开始
从无望跌入另一个无望
每一次从死了的石头的目光走出
都能感到疼痛被疼痛挤压
都能听到身体被身体碾得粉碎所发出的声响

时代行歌

1

稗子植物的后代
走出去就留在一张老唱片的歌声里
且曲调幽怨
辞令倒像是季节里的悼亡词
有人拽住江河的衣角
想要拼命扯下满地荒芜
夕阳已经坠落
几颗星子爬过夜的肩头
秋菊的一声轻咳
暴露我的时代病不轻
紧跟着黄叶飘落
露水凝重了九月
西风将夏日的一切葬送
越吹越冽
留下的也只是我的残影
且胸中
奔马万千
也只留存孤灯一盏

2

有人打着时代的大旗
炫耀的
也只是昨天的太阳
且我的脊背已黑
跟我祖上传下来的土地同色
有人在一口枯井里取水
拽了半个世纪悬于脖颈上的绳索
最后在一片废墟中
找到丢失了几个世纪的族谱
第二日
影子就背起行囊……

3

活着是一回事
战争是另外一回事
徐福贵把自己栽种在
没有碑文的坟头上
有人在一盏灯火里看到昨天
昨天吊在那个瘸马的脖子上
且白驹过隙也只是骗人的
我目送夏天的远去
夏天死在瞎眼睛的黑夜

没人注意
那个望北而立的人
一叶知秋
说的肯定也不止一片叶子

4

远了，真的远了
只身打马飞奔过草原的时代
远了，真的远了
虽然我读不懂风的语言
叶落的含义
但我渴望火
火的温暖
火的热烈
火在灰烬后孕育的一天星辰……
就在冰河世纪的末端
尾随着时代洋流
我登上哥伦布发现的新大陆
那里没有甲骨文，没有后母戊鼎
没有昆仑、太行、黄河、长江
我知道那不是我家
且白帆已过
千帆并辔
也只能于诗人笔下

辑六　历历晴川

长河落日

（四句长诗）

秋

1

没想过会如何结束，你的影子
就这样独坐在黄昏的尽头
其实本意不是今天这样
奈何花已落尽，水也东流

2

老去是以后的事情
当下，我竟然手足无措
夕阳里的余晖洒在我泛黄的脸上
竟溢出满眼愁措

3

我不相信你走过来就是秋天

花落的时候夕阳也跟着下落
况且我不能像握住昨天一样握住今天
握住风雪一样握住孤寒

4

就算不曾来过，也曾听过
终是不能回去的
叶落于秋
被这秋水长天下的寒江所凉

5

无可否认我终是夏日里的一声蝉鸣
落地与否取决于你的一声轻叹
不远处，落日已然坠入秋天里的长河
还能听到几声嘶哑的呜咽

6

我也不是很确定你眼中的荒芜
究竟是不舍还是不甘
我独坐孤舟游山海
你斜倚栏杆望月残

7

茫茫人海，终究还是我自己
扛下了这落日后的孤寒
八月的秋风不起
十二月的冬雪不来

8

或许不该太过在意今天的风雨
就像不该太过计较眼前的沟壑
只因随风飘荡得太过遥远
也就不敢很是记得当初之誓言

9

花了很久，终究还是站到了海的对岸
所以不要刻意解读落日后的这个夜晚
往前一步不一定是深渊
退后一步也不一定是彼岸

10

残花落尽终有时
缺月无端挂沧海

我不信你来时带风
去时携雨

11

我仍然从你眼睛的荒芜里
看到长河落日后的孤寂
此刻，我抬着自己的影子
如同抬着这空无的苍天

12

总不至于就这样潦倒下去
我不信挂单的和化缘的都只是为了一口吃食
星空下的长夜还是有些凄清
清晨里的露水还是有些凝重

13

我向来都不是很认同云的去向
随遇而安而漂泊得太过遥远
既忘了自己的形态
也忘了自己的初衷

14

我曾反复阅读命运寄过来的诗笺
中有无限江山、历历晴川
奈何花有重开日
人无再少年

15

怅惘良久，终还是不能走出去
也许秋风过于萧瑟凄凉
也许残月过于皎洁明亮
也许寒江过于自顾自地流淌

16

我无从推想接下来的日子是否寒冷
我又像路过白昼一样路过这个夜晚
终是鬓发染了风霜
曲罢终是有人离场

17

从不怀疑徘徊后的影子是否依然忠贞
我像蜕下蛇皮一样褪下以往的伤痕

最后终将无法跨过那片无尽的海
所以不再相信平芜尽处就是秋天

18

笃定这个夜晚依然寒冷
笃定自己不会像推开昨天一样推开今天
风雪在翻掌的同时扑向我的额头
我却仍是自己途中半开而未绽放的小花

19

不该就这样放弃，我从井中取水
来灌溉曾经的荒芜
戈壁的尽头你是黄昏里的落日
海的边际我是寒夜中的一枚孤星

20

就这样无端地沉沦下去，岁月已老
带给我的也终将是旷日的孤寒
原野上你终是千座山峰中的一座
盖不能绝壁千丈终使人不得攀缘

21

寒江里的落日的倒影竟也寥寥
且鸦背上的黑竟成为今夜之黑
我不知去时雨和来时风有何不同
才拼命去摇落一枚秋天里的黄叶

22

跨不过去的终将是这长夜里的孤寂
已然漂泊得过于遥远
才又在秋日的影子向冬日倾斜前
牢牢抓住江河里这片落寞的昏暗

23

第一次有了想远行的念头
也不全是因为秋风飘摇了江河
黄叶落尽更让人感到无望
所以才想起写你，想起远方

24

你眸底的那份忧愁还是凉了秋夜里的湖水
且远山还在远山之外

走上来我不知秋天何时开始
走下去也不知秋天何时结束

25

昨夜西风凋碧树
明月不谙离恨苦
跨过去的终将是以往
跨不过去的终将是离殇

26

已然漂泊很久
终还是独对这夜晚的孤愁
缺月独独挂于天外
寒夜几颗星星点点

27

妄图从一场虚无里抓住空天里的蓝
好把秋天里的落叶从水中捞起，最后扔在火中
使其成为灰烬后褴褛的影子
仍旧在这场秋风里保有悲愁

28

无可否认我仍是这个季节里的逆行者
于风雨显得格格不入
于山海显得无比渺小
于秋日显得略有凄凉

29

韶华逝去，或将身老沧州
似海上悬帆
似秋后鸣蝉
似天外寒星
似残月孤悬

30

当残阳又一次落下去的时候
秋夜的寒凉就像皎洁的月光被渐渐铺开
所以你不能指望一枚落叶就能盖住过往
起码我试过这条路的不同朝向

31

当风吹落最后一片秋天里的落叶

雪还未曾到来时
我也无法保证黄昏里
你的影子是否会随季节而摇晃

32

如何在这老去的秋雨里握住这场孤寒
秋日过去便是冬天
园子里的果实已然成熟
十月的夜风已然寒凉

33

此时，这是属于我一个人的凄凉
落日刚刚隐没于远方的群岚，天色带明将暗
彼时，也只能听到身边秋风吹过蓟草发出的声音
还可看到远处天边一抹暗红色的云霞

34

如果你能从我的手势里看到昨天的风雨
你就会懂得今天我脸上的孤寒
望过去看到的不止这个秋天
还有去年未曾融化的一些残雪

35

门前的梧桐已然消瘦了很多
阶台上也满是秋天里的落叶
没想过会如何继续下去
灯下的一盏烛火根本就温暖不了这个长夜

36

也许发生得过于突然
才又徘徊于这片曾经到过的海
雾霭中我慢慢伸出右手
却硬生生抓回虚无一片

37

不相信你能从很远的地方走过来
既然已经这样，就没必要
再从我满怀冰雪的目光里
去找寻去年春天残存的一些温暖

38

隔了好多年也都还是当初的模样
二十年前的风雨还是飘摇了二十年后的这个秋天

不然又能怎样？
一片孤帆行驶在这黄昏的夕阳里

39

其实我不相信你等的风也会等你
有时真的难以测度即将走上来的路程
你留下，未必能温暖这个长夜
可我走出去必定疼痛这个黄昏

40

我不相信在今后的日子里晴日会多过阴天
你从风里来，又回风里去
让我独独留在这黑夜
不敢相信风声喑哑于黑夜是因为水声潺潺

41

生活本就这样
从第一次坚持到最后一次
谁也不知道其间的风雪
大了几回、停了几回

42

其实我不相信走上来的路都在冬天
即便寒冷也不该在这十月
风从你来的地方来，从我去的地方去
即便影子在这秋风中有所零乱

43

即便有些东西可以舍去
仍不相信这个秋天该是不存在的模样
因为我们偶尔也会妄语
好让刚刚沉下去的影子又能在水中浮起

44

我不相信一个人
所有走上来的路都是苦痛
所有走下去的路都是孤寂
所以才留你做客在这个黄昏

45

他们说无妄海的尽头就是深渊
我从风雨里走来路过泥泞、路过崎岖
所以，才不相信你的留下

也是因为这一片海、这个秋天

46

很多事情都不以自己的喜好去发展
世间之事本就这样
不信你能从夜的一面爬到另一面
就像江水本不该在秋日上涨一样

47

我也不是很希望这个秋天快些结束
冬天快些到来
才又在你必经的路上
让这片荒芜的海肆意去沉沦这块天空

48

没什么是可以失去的了
走到这里就是秋天
直到秋凉的雨水打湿了我褴褛的影子
我才又一次从黑夜醒来

冬

1

而我额头上去年的残雪仍未融化
走过去就又离黄昏近了很多
扯过这园子里的荒芜
时间的长河就又从我的掌上流过

2

划过来，从很远的地方划过来
依稀仍可听到雪落的声音
十一月的天空依旧高远
而我在抬头的时候看到的仍是秋天

3

总是回头，终是看不到走上来的路
风从山间吹过
露出树上的枯干和残枝
唯秋尽处可见初冬的雪

4

走了好久还是回到那片荒芜的海
你来，冬天也跟着来
你去，秋天也跟着离去
能够留下的也就是这初冬的寒冷

5

“料得年年肠断处，明月夜，短松冈。”
站在空天下山峰处的一片荒芜里
回头望去满是萧瑟跟荒凉
我的影子不由得在寒风中一阵战栗

6

总要为明天准备些什么
怕你来时挟风、去时带雪
才又在黄昏尽处的荒芜里
为这黑夜点燃一盏昨天刚灭的灯火

7

就算走得不是很远，也是时候停下来
温暖一下身后黄昏里的落日

冬已至，秋已尽
人们不再讨论落叶的归宿

8

就这样跟随的影子竟然没有一丝暖意
你又从暗色的黑夜爬到黎明
还好可以驻足的这片海依然荒芜
黄昏里的落日依然艳红

9

总是太过忧愁，才忘了今夜的寒冷
我又从灯火前爬过的影子看到自己
雪落如此，竟也洗不净这空天的苍梧
你从冬天来，又回冬天去

10

就像山色突然撞向自己一样
雪就这样白了这个世界
脚步向前没走多远，身后就留下
我曾到过的痕迹，然后又被抹去

11

终是不能一次讲完这个冬天
一切才刚刚开始
皑皑荒原上我将站立成孤寂一片
就此，这块天空将与黄昏一同老去

12

不相信自己就该这样走下去
这深不见底的渊堑
还残留着去年秋天结下的疤痕
我的影子就这样被黑夜再次笼罩

13

是时候告诉你，去年的冬日
是怎样被这黑夜和寒冷所绞杀
多年后仍不能抚平黄昏后的忧伤
还有阔别，阔别已久的你的影子

14

要么就这样，就这样停留在这片荒芜里
把你的目光死死钉在这片海中

我曾推演过冬天的寒冷
却始终走不出这寂寥的长夜

15

葵园里的秋叶已悉数落尽
只剩几棵矮树支撑这沦落的天空
夕阳里我是孤雁遗落的一根翎羽
且就这样飘落在你的脚下

16

大地还是一如既往的惨白
死灰一般
我瞄向远方，一朵云飘去的远方
且你的影子依然寥落

17

如果一开始就知道今日之结果
那么我不会再问
从十月走到这里的意义如何
一颗火种就这样引燃那堆情欲之物

18

没有开始就注定这失败的结局
我躲在黄昏后的黑夜，等待黎明
春有百花秋有月，夏有凉风冬有雪
四季的轮回之力又将我牢牢困在这里

19

遥遥无期的寒冷里你仍是我胸中的一股暖意
有人从黑夜走到黎明
最后站上那座高山的时候发现
老是找不到合适的“白”去形容这场大雪

20

一眼望去还是看不到海的边际
你又一次从火中走出
仍然没有找到凤凰涅槃的传承
就又跌倒在这十二月的寒冷里

21

路途遥远并不能阻挡我前行的脚步
只是，总也找不到一个走下去的理由

或许今冬会有很多场雪
可终究你是你、我是我的这样就此别过

22

落日前我曾试图走出这片荒芜
一吸一呼之间就注定这个冬日终将孤寒
好久以后我踩着黄昏里自己冰冷的影子
且不淡定地望着南方

23

一杯酒、一袭云、一怀愁索
一叶扁舟过江海
藏着悲苦的那颗心，已然身死
落下的将永久坠落于此

24

哦！这夜冷如蝙蝠之血
被装入容器，倒挂在冬日的崖壁之上
哦！这夜长如湾流的海岸线
弯曲于我的目光短浅

25

从没想过会这样走下去
所以才会把每一场下在冬天里的雪
都藏在不为人知的身体里最柔软的地方
别碰！一碰就融化掉了

26

从来都不确定
这夜是用来沉默还是用来怀念
每一次从灯下走过的影子
都有种被炸裂的提心吊胆

27

最后你用那冰冷的目光看着我
看着那湛蓝天空中一朵飘远的云
好些年后的今天
你仍把雪藏在自己的目光之内

28

蓬荜之上，你的影子依然清晰可见
有人走过，在正午阳光好的时候

一排白杨就这样站着不动
我将手伸过去，去握那份久违的温热

29

我竟又一次站在了雪的对立面
唯胸口的疼痛最为真实
如果就这样，把冬季从我的身体剥离
会不会，能更轻易地回到下个春天

30

试着接受自己跟这夜晚的寒冷
不再轻易去扬起冬天的雪
果真我如一堆兽尸就这样裸露在荒原上
真不知自己是该庆幸还是该悲伤

31

好远的路途终究还是延伸到地平线的深处
云的飘远被我视为是对忠贞的背叛
唯在一堆亵衣中看到你那不再躲闪的影子
刚刚开始就又一次跌进十二月的风雪里

32

好久之前也是这样
我把自己埋在深深的目光之内
夜把它最糜烂的一面作为资本向人展示
而我却不能一面向死而生，一面又怕路的遥远

33

不知远去的背影何时模糊不清
你就把自己由此岸迁至彼岸
最后还是不能躲过众人的目光
就不得不收拾这夕阳里潦草的落日

34

在这冬日里你那辗转反侧的身体
还是没能压住那一声深深的叹息
我用力去攀爬
想要紧紧抓住这坠入深渊的黑暗不放

35

已经很是努力地去适应这冬天的寒冷
可雪还是辜负了上一个秋天

是我们过于徘徊、过于悲伤
才让黑夜显得格外的深沉

36

一叶孤舟，又能承载多少这夜里的烦愁
从浩瀚穹宇飞奔而来的将是遥远的无垠
雪又下在我回来的这个冬日
你却就地将我推进那黎明前的黑暗

37

尚且不知路途的遥远
才又叩响大雪纷飞的冬天里的这个黄昏
不得已我才背对着上一个秋天
当初的背叛使我不知如何面对那堆枯黄的落叶

38

其实我更愿意相信你那游离的眼神
是因为今冬的寒冷而不是去年旋飞的落叶
莫不是你又一次从葬地爬出
我真想把这黑夜撕成碎片，再扔回黑夜

39

眺望好久，还是看不到那片荒芜的海
落日之前竟又把自己放逐于一片荒芜
好像又要下雪的样子
且风从一面无人的方向吹起

40

黄泉、青冢、黄昏路
当那一抹残阳洒满陂塘的时候
我没有想过今夜的雪
而你又从遥远赶来，再一次奔赴遥远

41

窗外风雪依旧、寒冷依旧
你仍是我抵达不了的远方
从没想过踽踽独行的我又站上这片原野
西风正用戏谑的姿态去嘲弄黄昏后的一盏灯火

42

风停的时候我该驻于哪里？
本来我就不是为了安放孤独而来

本来我就不是为了这冬天而来
到了这里，终究还是两手空空

43

那早已被典当的清晨竟又被叫卖给黄昏
又一个下雪的冬夜
我竟试图，又去握这如刀寒风
好去追杀跟随我好久的这道身影

44

如果你想看到明天的彩虹
那么就得扛得住今日的风雪
第一次，心还有所不甘
第二次，也就欣然接受这里的一切

45

青梅煮酒论英雄
今日却无曹、刘
“白发渔樵江渚上，惯看秋月春风。”
你就应当来时带风、去时携雨

46

终究不似少年梦
“神龟虽寿，犹有竟时；
腾蛇乘雾，终为土灰。”
能带走的或能留下的终归都不那么重要

不知所云

（“情不知所起，一往而深。”当时事业受挫，又遇喜欢的人，且爱而不得，心中愤懑不平，作此诗聊以自慰。作诗时间为 2017 年 5 月，题目后起。）

每当有人经过艳阳
每当有人路过我的阴冷
内心都会有洪流入海的感觉
渴望又有些害怕
你说冬天已经过去
春天不会太过遥远
可雪还是被狂风卷起
又重重摔落心头
就像海浪在被卷起的刹那
有种飞翔的感觉
却不曾想过
重又落回礁石的时候
等待吾的
将是粉身碎骨
雄鹰盘旋于天际
有谁懂得飞翔的痛苦

当地平线
一再被翅膀所拉远
身后的远山
脚下的大地
哪个才是可以栖息的葬地?
挽歌从我熟悉的地方响起
故乡的河流奔腾入海
当有人再次从晚钟的轰鸣里
听到母亲的哀泣
我想死去的不止大地的人子
还有这无望的春天
你来得太迟
或许不是时候
还是我的心太容易感伤
每当夜色掩映，遮住苍穹
我都会凝望
天外那几颗最亮的星星
一轮圆月从树梢升起
挂在梦与醒之间
我总是在将要穿过迷雾时
又折身而返
总是在朦胧里渴望诗意一般的爱情
却又不敢伸手去摘
那朵早已盛开的玫瑰
不是怕被刺痛
而是怕你在我的手上枯萎

我想过一百种留你的理由
一千种给你幸福的方法
可还是觉得
放手是我唯一能给你的
也是最好的爱你的方式
每当有影子从阳光下经过
我都会觉得是阴云
覆在我潮湿的心头
即使有人窥探
你也只会看到天空落下的雨
而不会让你看到
我眼里为你浸出的泪
伪装将是我今后的必修课
要学会装作快乐
装作什么都无所谓
在你面前装作不爱你
在众人面前装作一切都是因为
地球自转或公转运动产生的结果
就像在没有发现三大定律前
物体依然沿着自己的轨迹运行
而我，爱上你
就好比自由落体的随意发生
一切是那么自然而然
只不过抛物线的落点
不在你我命运的交集处
有人听见夜莺在歌唱

歌词里的爱情是那样悲伤
而凄凉背后总有泪水从心里流到眼睛
再从面颊滴落
就像雨季前的河流
断断续续地呜咽
而伤心的河滩还有那么长
可谁又知道落花有意
流水就是无情
当我的感情如涓涓细流汇入江河奔向大海
带走的也只是泥沙
沉淀下来的应是亘古的爱情
这个晚春的下午
丁香忧郁着
柳枝随风轻摆
葬花人把尸骨收起、入殓，然后安葬
我在一场未下完的雨中
又感受到上一个秋夜的寒凉
北归的候鸟
穿越地域
飞在这阴郁的天空
有人从我退去的目光中
找到昨夜灭在老屋里的
那一盏灯火
昏黄却又奄奄一息
而有人在世界崩塌前
就早已安葬了昨天

昨夜春重
蚀骨般的疼痛在我爱上你之前就已注定
而我却不知
不知我流在水中的泪水
竟然渴死整个春天
而水分蒸发后
所有的盐分都将涂在我昨夜的伤口之上
让我一个人品尝爱情的苦果
我曾对你说
就算今生缘浅
我也会等你到来世
我会长跪于佛前
求他赐你我一段美满的姻缘
只希望你不要将我忘记
再一次擦肩而过
疼痛是一回事
爱情是另外一回事
海市蜃楼出现在幻觉之后
而我却游走在沙漠里的最深处
昨夜雨重
肥了绿柳谢了春红
人们在吐纳间
闻到肉体腐烂的味道
再浓重的脂粉味
也遮盖不住留在河滩上的那一堆腐朽
而我却在河的对岸

仰望那一轮圆月
无奈
我本将心向明月，奈何明月照沟渠
人们在春天就开始收割庄稼
而我们却还没有耕种
欲望的闸门刚被打开
我们就开始出卖“灵魂”
只为肉体的互相碰撞？
活着的是高尚圣洁
死了的却是卑微龌龊
我在一间黑暗的屋里
听到“魔鬼”的欢笑
昏黄的灯火对面
怎么可能是“天使”的模样
白玉兰的花期已过
雨水冲刷着昨夜泪痕
风不经意地从伤心处扬起
有人走过，
从下雪的冬天，
到伤心的春天。
就这样我趺坐在“孤独国”的山峰上
看你、看云、看天边落日
看雪下在去年与今年的接口处
看大海的无垠与天空的蔚蓝
看黄昏后天边一抹云霞
看落日西沉后的漫天星辰

看穿过迷雾的人们又走进迷雾
看我的影子在潮起潮落中的颠沛流离
看韦陀花如何用瞬间
来诠释我们都听过却未曾见到过的爱情
…………
你的确是我的罂粟或是曼珠沙华
成瘾是一回事
虐恋至心死是另外一回事
我从退去的暮色中
仍然看不到黎明的曙光
尽管太阳已高起
或许是我在迷雾之中
而你却在恨海之外
也不知道是灰烬后的重死
还是燃烧后更深的疼痛
总之
我在期待与期许中
又一次种下尘世的一粒情种
或会渴死在曾有你的河滩?
今夜弯月如钩
无尽的疼痛从地平线升起
爱情和心死却留在了昨夜
丁香芬芳已不在
满地黄花不知又是谁的伤心
而枝条早已抽出了新绿
我就在这五月里等你
你却在五月离去

活着

——读余华《活着》有感

1

瓦片留在屋顶
占领属于自己的一块天空
大丽花从清晨的迷雾穿过
欲去远方
寻一可以安息的葬地
多少虫鸣、鸟语
躲过黑夜的一场劫难
最后，留在清晨的阳光里
来舒展它一生的命运
我提着那双惨白的目光
望着一口枯死的老井
想去里面
找寻昨夜映在其中的一袭月影
可水声潺潺
从远山流过
多半
睡去的人

不会看到
漫天星光在清晨的炸裂

2

穿过肃穆的葬地
我站在生的门口
有人俯于案牍
有人行走于季节里的风雨
等一场暴风雪后
悲伤开始从我的目光滑落
而我又在一场秋风里
强要挽留一朵飘远的云
飞花、飞花
春天的小河旖旎东流
流水、流水
我的命运从一双握紧的双手穿过
有人跪行
有人俯身于自己的影子
且托着疲惫
等有人经过我的墓前
我就用一双捧着玫瑰与风雪的手
献祭于众神的太阳
我是秋天里一棵蹒跚的枫
终是躲不过
寒露、秋霜

红是你们所看到的红

3

沉沦首先从无梦开始
一只灰雀从盲童的眼中飞出
我匍匐于自己的一方土地
等着穿过
那双荒芜的眼睛
秋天已然消瘦不堪
老去也只是从一声轻咳开始
一棵新菊
就这样吐露这一个季节的芬芳
我望向天空
天空以阴云作答
我望向你
你却早已转身
与我千里之外
今夜寒风悲号于旷野
且第一场冬雪
从未亡人的心底下起
我于黎明前
欲寻昨夜一亡故人的名字
却在一棵红了的柿子树下
找到千年前
你就割下的一把头发

4

我终是恒河里的一粒微沙
随波逐流
或沉于河床
都始于亿万年前
我安于现状
不思进取
只等有人垒沙成塔
或于洪流入海
纵有怨言
还是在下一场漩涡到来前
认下这悲惨的命运……

辑七　古风诗词

蝶恋花

雨打旧门风吹过，
菊瘦黄昏，残晖终易落。
孤灯残夜谁念我，
人到中岁终不惑。

牢牢病体秋千索，
声声哀怨，曾几番愁错。
误将韶华付薪火，
星光暗淡夜永阔。

浣溪沙（1）

满是落叶铺阶前，
梧桐空瘦云空远。
空山苍翠江水寒。

帐里残灯帐外雨，
诗里平芜诗外涟。
北燕南归又一年。

长相思

秋风凉，秋夜长，
寒江东流空自淌，
人瘦花去香。

风一场，雨一场，
漏断残灯人独往，
影残尤易伤。

浣溪沙（2）

最是秋来几多愁，
叶落未尽菊已瘦。
西风无妄吹小楼。

暮看残晖晚听雨，
滴声如漏客如舟。
薄衾不暖人凉透。

浣溪沙·深秋夜雨

（深秋寒雨下了一天，入夜仍风雨无停，有感作此词。）

纵使人生不悲凉，
也有秋叶染风霜。
寒雨入夜愁断肠。
最是他乡难眠客，
已闻更鼓有三响。
试问天明几许长。

无　题(27)

(正月十五上元佳节，独自漂泊异乡，心有感怀作。)

风雪夜孤寒，
残烛始泪干。
怅惘琵琶曲，
再歌寸肠断。
孤影遍栏杆，
临江帆正悬。
正月十五夜，
飒飒晓寒天。

将军颂

（读古诗词悲歌有感。）

千里孤坟万里哀，
胡地十月秋草衰。
古来泉台埋削骨，
身后几人知我来？

农历九月九日重阳节思乡有感

残阳如血漂蓬孤，
桐叶落尽金风呼。
俱是他乡沦落客，
望尽天涯望故都。

夜 归

残月初上照北岭，
林风忽起寒鸦惊。
泉溪绕松空自去，
长坐褐石微酒醒。

暮 春

不往西山不往东，
闲看春花落雨中。
仲夏哪有夜如许？
烛影摇光卸晚红。

无　题(28)

大浪淘尽事三千，
江水东流不回还。
前尘种种如旧梦，
今夜星河渺渺然。

九一八感怀

百战身死为家国，
血染黄沙捍山河。
今日犹未忘英烈，
吾辈自当承衣钵。

愁　思

冬临秋尽白露霜，
西风至此草枯黄。
总念去年梨园曲，
莫把愁思傍斜阳。